献给

生活中爱思考、有好奇心的人，还有爱我的，你们！

門

康溪朗 著

中国文史出版社

图书在版编目（C I P）数据

门 / 康溪朗著. — 北京 : 中国文史出版社,
2021.9
ISBN 978-7-5205-3254-9

Ⅰ. ①门… Ⅱ. ①康… Ⅲ. ①随笔—作品集—中国—当代 Ⅳ. ①I267.1

中国版本图书馆 CIP 数据核字(2021)第 201929 号

责任编辑：金硕　胡福星

出版发行：**中国文史出版社**
社　　址：北京市海淀区西八里庄路 69 号院　　邮编:100142
电　　话：010-81136606 81136602　81136603 81136605(发行部)
传　　真：010-81136655
印　　装：北京温林源印刷有限公司
经　　销：全国新华书店
开　　本：787×1092　　1/32
印　　张：6.625
字　　数：100 千字
版　　次：2021 年 9 月北京第 1 版
印　　次：2021 年 9 月第 1 次印刷
定　　价：48.00 元

目录

自　序

《门》是我的第一部作品集。我不知该如何更准确地定义此类文本，田野调查？我喜欢这个说法，毕竟里面有大量真实经历和他人讲述的部分。但它，的确代表了像我一样正处于人生第一个路口——21 世纪首代人对生活和世界所产生的迷茫、抗拒、怀疑，及在寻找答案中的成长和被治愈的过程。

这本书，是我历时两年时间利用零散的闲暇时间和各种假期时断时续完成的。最初并没有试图公开发表，只是想把所经历的若干片段及其在事件中所思所想真实记录下来，权当自己成人礼前的特别存档。所以，当你看到这本书时会觉得，它并不是按照惯常的时间顺序排列，甚至还有些杂乱，但至少书中抒发的情感，是真挚的。

门

2019年，我15岁，进入高中生活，正值让所有父母长辈从头疼化为咆哮直至陷入无边焦虑的青春期。这段时间被文学家们美妙地打扮成“人生花季”，社会学家则冷静点评为“多事之秋”，我其实更认同后一种说法。我的青春期其实并没有这么激烈，相反，有些太安静了。但在波澜不惊的表象下依旧会有很多个“我”在心里发出不同的噪声，也总有想做些或逆反或重构的冲动。我开始看不同小说，慢慢地不再满足书上人物所营造的虚幻世界，渴望着去看看外面的真实，特别是自己生活半径以外那个世界中的人是怎样生活的，他们面对生活的生命力和动力，又来自于哪。

于是，我参加了赴河北贫困山村的支教活动。这次支教为我日后关注扶贫及对既有知识结构的破圈产生了极大的影响。在我过往的认知中，“知识就是力量”属于颠扑不破的真理范畴。虽然也听说过“知识改变命运”，然而对此却仅仅归于一声“噢”之类的懵懂。直至踏进贫困村我才真切感受到这句话的分量。原来，北师大调查数据所说月入1000元以下有6亿人，是真的；原来，经济学家李迅雷所说中国还有10亿人没坐过飞机是真的；原来，我之前当作笑话的所谓秦皇岛往北十几里的山中，全村只有两台电视，也是真的。要知道，秦皇岛距我所在的北京还不到300公里，我对那里的印象只是“魏武挥鞭，东临碣石有遗篇”的浪漫。

当我第一次直面贫困村庄和当地贫困留守儿童的生活时，我曾想，“如果处在这种场景中我的选择是什么，会像李校长一样仅凭幼时的就读童真之气和年长的不舍，就义无反顾地返回乡村拯救中心小学吗？”我想你们的答案有可能和我一样。因此，李在我眼里成为某种具有英雄主义色彩的人。

外面人的到来显然让孩子们看到一个完全不同的世界的一角，但他们又何尝不是也给我打开了一扇门。这个想法，是在回北京之后才意识到的。

曾经有一档名为“变形记”的综艺红火过一阵，我后来也一直将其视作一场秀。不过当真正来到了他们的乡村，而他们又来到我的城市，角色互换了，谁会默认反差谁又会坦坦然然甘之如饴?

支教的生活是短暂的,可对不同人生的打量却从此开始。千千万万打工人来到北京,他们是否还愿意或者还能不能返回到自己的初始,这真是一个好问题!在这本书里,以外卖小哥、快递员及卖废品的张姐为代表的城市打工者给出了某种答案,但也许在给出答案做出选择之前就和你看这本书时的现在一样,他们都曾问过自己无数次。门里门外,四目对视,谁会先穿过门成为对方,谁是谁的治愈者,很难说清。

就在我支教的这年年底,远在瑞典斯德哥尔摩的2019年度诺贝尔经济学奖得主出炉,一对长期关注贫困问题的美国夫妇成为三位得主中的两个。他们写了一本书,《贫困的本质:我们为什么摆脱不了贫穷》成为诺贝尔经济学奖获奖作品。

2020年,注定是不平凡的一年,估计多年以后都会让人记忆深刻,也或许会出现在未来的汗牛充栋的历史书中。

这一年,处于叛逆期的我目睹和经历了对中国乃至世界影响巨大的两件事。一个是好消息，2020 年 11 月中国 832 个国家级贫困县全部脱贫，这意味着我们国家告别了绝对贫困；另一个是坏消息，一场新冠疫情席卷全球，病毒在挑战着人类，以至现在还在很多国家蔓延。第一次，我觉得人在自然面前是脆弱的。

疫情期间在家上网课的我，最常接触到的是收废品的张姐、快递员和外卖小哥这三类人。他们也理所当然成为此书中重点探究的样本。这些来京务工的异乡人，一方面他们为超级城市服务着，另一方面他们生活中也面临着各自的难题。虽然家乡已经脱贫，但梦想和期待仍让他们毫不犹豫地奔赴一个庞大到让人眼花缭乱，复杂到让人胆怯，却又同时给他们希望的地方。是的，知识不只是在书本上，更多的反而是为了改善生计做出不尽努力的点滴里。所以，他们，也同样是我的老师。

在接触中,他们似乎并不回避“贫困”这个词。其实，相对的贫困在世界任何国家都会存在，这也是全世界都无法避免的现象。或许，就像这场疫情和我们生活中的病毒一样，相对贫困会与我们人类同存，直至某一遥远的节点。只不过，我们可以将那些负面因子的冲击，减少到最小。

高中这两年，我的思考和经历好像并没有把我变成一个脱胎换骨的新人，而是更像自己本该成为的样子。希望在未来不知什么时候，当再次翻开这部书时，仍能治愈那时的我，也能为每个翻开此书的人们带去一种经过轻松的闲聊及看到他人生活后被抚平的平静。

“被人揭下面具是一种失败，自己揭下面具却是一种胜利——”这是维克多•雨果说的。很好，很好。

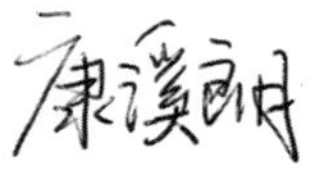

2021.8.21

按门铃的人

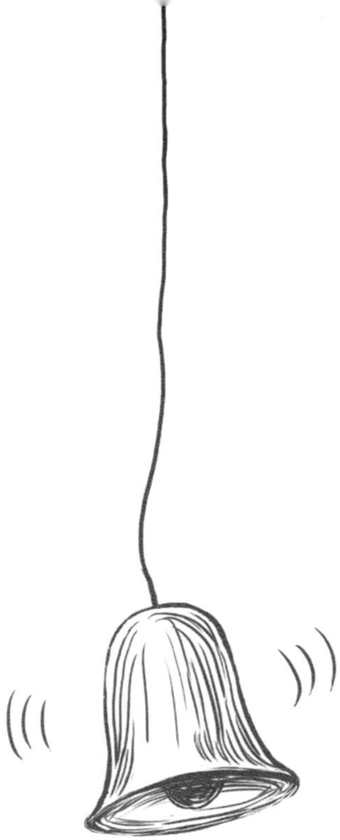

有时觉得我和他们的生活仿佛隔着一道门。
当门铃响起，门打开了，
他们看到了我的生活原来是这样，
我们有了交流有了关联；
当门关上，门里依旧是我的生活，
门外仍是他们的世界，
仿佛之前的交流又没有了任何关系。
这扇门成为他们通向我们的一个开关，
和他们想成为我们的一个途径，
只是当门关上时不知谁将是留在原地的一方。

开　门

一个古怪习惯的形成，一定是因为某种特别奖励存在，比如，成为全知的女神。

我经常会和自己做一个小游戏，选任意时间闭上双眼，耳朵立刻变得灵敏起来。听着周围的声音，心中按照想象假设着身处何地，此时已经脱离了 17 岁的躯壳而变身一个其他身份的什么人（路人或是个旅行者）。接下来，自然而然会发生些奇怪而有趣的事。

就如同现在，闭着眼睛正躺在床上，窗外除了间或的鸟鸣就是汽车轧过减速杠生硬的硬金属摩擦声，一辆接着一辆如同在另一个季节里用手指的静电不断撩拨毛衣。偶尔几声焦急的汽车喇叭催促之后，紧跟着保安的一路碎跑……这个杜比世界告诉我，正身处国内一个超级城市，而且是早上最繁忙的时刻。虽然那些鸟叫声时刻想把我带到某个森林深处，但随即，又被那些因压抑急躁而显得有些不耐烦的行走机器的抗议声扔回了位于四环一个还算不错小区的床上。

是的，这里是北京，此时，正是2020年的暑假，我的。

这个暑假有些特别。全世界都处在新冠疫情的恐慌之中。我所在城市原本基本平复的疫情在6月份又突然开始了第二波，周围的人在有些湿热的夏季再一次戴上了口罩。白花花一片之上整齐的黑瞳仁，那种苦杏仁味的社交戒备，既失焦点也不舒服。

再没有了过往因繁忙学业之后终于迎来漫长自由假期的兴奋。之前2019年冬季寒假，由于疫情原因我一直在家上网课，当“福利”唾手可得，你要么不会珍惜要么贪得无厌，长辈的话虽然刻薄但也有些道理。

但我还是期待的，足够长的时间，无数的可能性，无论是否继续闭眼游戏。事实上，现在我有了新玩法，依旧关于声音，门外的。

必须承认，每一次门铃声，在少有走动的疫情期间都显得让人期待。对于一个喜欢想象的女孩而言，每一个按门铃的人或许都有着他们的故事，随着房门的打开，他们的生活从此与我有了交集，他们的喜怒哀乐也随之展现。

这多少有点像中了彩票。

今天这个清晨似乎注定要从喧嚣开始，除了鸟鸣声、汽车声，又夹杂进来一个高音女声的争吵声。收废品的张姐不知何事正和小区物业大声地理论着，声调越来越高。李，张姐的老公也加入了战斗试图解释着自己的愤怒。

已经不是第一次了，幸好只一小会儿争吵便戛然停止，他们又开始各忙各的。在这一带收废品张姐已经小有名气，价格合理而且服务好（上门服务同时可以预约）。据说张姐在这一片经营了15年左右，重要的是，有了自己的“势力”范围，我所住小区及周围的写字楼大都是她的客户。而且，她从没有数量上的最低要求，也可能只是因为不懂所谓的最佳客户半径。她的客户一直在增加，这其中，也包括我的姥姥。

“叮咚！叮咚！”一阵门铃声响起，洪亮而有力的河南口音不差分秒：“姥姥在吗，我来收废品了！”张姐一向保持着她的职业水准——准时，只要预约好时间，绝不迟到。

“刚才和物业又干了一仗，太过分了，居然把我的电三轮给锁了！”没等姥姥问，张姐就气哼哼地说起自己的愤怒，隔着口罩都能感受到她因先前的争吵还未平复好的情绪和喘气声。

张姐，五十岁左右，一头对于女性来说过于节制的短发，却在夏季永远穿着一件与年龄极其不搭的半袖衫，粉红色的。微胖的脸，任由太阳晒得黝黑，与脸上的白口罩形成鲜明的反差。被黑眼圈环抱的一双眼睛显得有些无神和疲惫，虽然被口罩遮住了大半个脸，仍有几条不安分的皱纹执着地爬上张姐的额头和眼角；略有些发福的身材，掩盖不住北方女性特征的大骨架，加上她说话时的大嗓门，想都能想到她和别人吵架时泼辣的样子。

也许，在她看来与每天能挣到钱，每个月能给家里人多寄些生活费比起来，很多事可以忽略不计。

张姐说，她和物业最近一个月没少吵架，最新一次升级——“锁车”。

我能感受到她愤怒之余隐约有些焦虑。

并不是没来由的。2020 年 5 月 1 日北京实施了垃圾分类。这个在北京市民来看颇受欢迎的规定，对于张姐来说，是一场和同行及物业的热战。

由于新政策出台，小区里放置了很多方便分类的垃圾桶，也大概率预示着在这经营十多年的张姐——“失业”。而且，有几个张姐的竞争者竟然进入她的地盘提前在小区里安营扎寨，“大家姐”收废品垄断地位受到了威胁。

她很不甘心，执着地在楼宇间穿梭保护着自己的领地，来得更早走得更晚，更加积极地上门收废品，就像“动物世界”中那些守护领地的公狮，可不是，母的呀！直到今天早上，物业“锁车事件”，张姐的情绪爆发了。

在我看来，她的焦虑很多人无法体会，也并不会关心。毕竟卖一个瓶子和一堆纸盒也就几分到几角钱。当我和朋友们喝奶茶时谁也不会想到手中的瓶子能卖多少钱，恰恰这个瓶子关乎张姐一家人的家庭生活质量。突然觉得，怎么看待手中的一个瓶子似乎决定着一个人的生活方向。因此，我很想请张姐喝杯奶茶，让她感受一下奶茶带来的味觉享受进而感受奶茶代表的一种生活方式，而不是总盯着我手中的奶茶瓶子想能卖多少钱。

然而，我失败了。

夏日的中午始终是知了的舞台，阵阵蝉鸣声加上炎热的空气似乎要屏蔽所有带来凉爽的讯息。张姐此时正在小区外面休息，和一群人一边刷着抖音一边吃着面条，不时发出阵阵笑声……和她一起看抖音的，也是时常在小区里出没并靠着这个小区营生的人，有负责门窗更换的，有修理炉灶的，也有外卖小哥，基本算是张姐的“职场圈”兼“社交圈”。他们消息灵通且和物业保持着良好的关系，互相介绍生意传递有可能挣钱的任何信息，像我家纱窗要换新却不知道哪里有换纱窗之类，就是张姐给姥姥介绍的。他们已经成为我们生活中不可或缺的人。同时，对北京这座大城市来说，也是必须存在但又容易被忽略和遗忘的一个群体。

生活中总有一些现象让我看不懂，也许是生活想告诉我一些什么，或是想让我思考些什么。城市中总有一些人想突破自己的生活圈去过另外一种与目前完全背道而驰的生活，就像以我妈妈为代表的那些成年职场人，总想着某一天可以去到一个山清水秀的地方种种地，过日出而作日落而息简单的农村生活。殊不知，以张姐为代表的一些身在乡村的人，为了后代的成长能和“我们”一样，便义无反顾地选择来到城市，只是方向和我妈妈的恰好相反。城市与乡村之间的“围城”，在空间上被打开了。

一边快递小哥、外卖、跑腿人的身影穿梭在城市中，一边是农家乐及升级后以体验为主的乡村民宿不断增加，大家都想去对方的圈中看看风景，一些人看过之后还会回到原处，但总有一些人就再也不会返回到之前的轨道。北京五环以外到六环部分地方聚积着这些从乡村来到城市，为了想成为“我们”或者后代别成为他们的人，他们在解决自己生计的同时也为这座城市服务着，同时他们也见证着北京不同时期的变化，这种变化也许对我这样居住在北京的人并没觉得什么，但却在不知不觉中改变着他们。

张姐是 20 世纪 90 年代末从河南的一个小乡村来到北京的。“我们这个村现在虽然不是贫困村，但当时还是很穷的，我和我老公想让孩子能有好点的环境生活就决定到北京来打工，我是我们村最后走的几个人，村里那时已经没有年轻人了，都出去打工了，村里只有老人和孩子。”这在那个年代是一个很普遍的现象，当时的务工潮大多正是像张姐这样为了生存或是改变生活境遇义无反顾来到城市的人组成，和近年来很多大学生进入到北上广深等大城市实现自己的人生梦想很不同。

“刚来时我什么也不会，老公在建筑工地上打工，我帮他做些力所能及的，当时两个人收入还比较高。”据张姐回忆他们到目前为止干得最长的两种工作，一个是和房地产相关的建筑工和水电工，还有就是目前的收废品，这两份被张姐认为是性价比及收入最高的工作。

“2000年左右在建筑工地上找活很容易，当时北京很多地方都在建楼，而且一个工地不远处就是几个新项目，那时人工费比较高，我们村的好几个人在一起互相介绍来的，虽然有时会欠薪，但大家也都还赚钱，而因为盖楼项目多我们比较抢手，休息时间去帮工收入加起来还可以。”

张姐提到的2000年正是北京在房价上涨之前开始大量盖楼的时期。据我妈说，我们的房子就是这时买的，二十年前小区的地刚入住还有土路。“你们小区的地下管道大部分是我老公参与做的！”张姐很自豪，“之后的一段时间我们俩一直在建筑工地打工，我家里盖了新房，孩子的生活费都是那时积攒出来的，那时北京房价还没涨，但大批的盖楼已经开始。”

每当在叙述过去的经历见闻时，能感觉到在张姐的认识中，时常会有觉得自己就是北京一分子的错位感。也难怪，在她来北京的这20年中恰恰是这座城市房地产和互联网从有到高速发展的跃迁。“之后几年北京的房价飞涨而且商业也比较活跃，很多小的新型公司成立，写字楼里差不多都是拥挤的，再经历 2008 奥运会后北京更是一片繁荣景象……”看着张姐回忆这些时脸上停留着兴奋的感觉，让我觉得她并不是一个看客而是真的和这座城市共同成长生活过，就像和一个人共同生活过多年一样，当谈到北京的变化她认为自己有话语权，当别人误会其中的某个事实时，她会去争辩，她觉得没有人比她更知道。

用张姐的话说“对于北京，我入戏太深”。

尽管张姐的家庭是北京房地产发展的受益者，但这之后张姐做出了一个足以让家人开上三次家庭会议的决定。

老实说，张姐是打工者中鲜有具备经商才能的，当看到房价飞涨租金也在上升，成立的公司越来越多写字楼不断被填满时，她决定离开建筑工地进入写字楼开始收废品！“在工地也赚钱但干的人多了，收入没有之前有竞争力了，我看到写字楼里的大大小小的公司越来越多，收各种废旧品的活没有人做，我了解了一下，中间可以赚不少差价，又解决了这些公司的需求。”就这样，张姐完成了职业转型。

事实证明，她是正确的。

“收废品在当时几乎没有人做，所以赚得比较多，我就是用在这赚的钱让我的两个孩子读了高中，给儿子盖了房结婚，现在儿子还生了娃，可惜他没上成大学也在外地打工，距离我的要求差了点，但我女儿学习很好，不用我操心，在班里总是前三名。”有些自豪的张姐提到女儿时突然拔高了声调。虽然感觉张姐有点小遗憾但满足感还是占了大多数。

通常看云能识天气，那么一个城市的发展变化往往是通过一组组数据来衡量它是否健康。可张姐说这太复杂，她说自己就是经济晴雨表。“这次疫情就有很多小的公司关门，有些写字楼里甚至有很多小公司就直接歇了。”问其原因，她说：“我天天收废品这片的写字楼什么情况我很清楚，之前有那么多公司打电话给我，恨不得我立刻上门收废品，但现在不少小公司都休息了，直接影响了我的生意，预约我的公司电话也在减少。”这也是张姐最近的焦虑所在。

直觉上她还没有找到解决焦虑的办法，因为我几次路过小区出口都能看到她依旧在那刷着抖音和几个安纱窗和修电器的热闹地说着方言打着扑克牌，似乎对潜在订单没那么紧张。“我和老公住在五环以外，虽然现在收入不像前些年那么紧张，但房租和生活费用比较高能剩下的钱并不多，好在两个孩子都长大不用我操心，整个家中挣钱的人多了，我压力会小点。”

当我问及张姐对未来生活的想法时，她的说法和我心里想的答案很不同。“我未来还会收废品，这个活让我觉得很自由，估计我不会回老家，多少有些不适应了，我最大的心愿就是希望我女儿和孙子能考上大学，和你们一样过自己喜欢的生活……”

正在憧憬着自己的未来，张姐的老公推着最近新买的电三轮准备接她“下班”回家，这时一阵网红音乐的手机铃声响起，“喂，我是，是现在吗，好的，我马上过来！”

看着张姐和她老公匆忙的背影，不知道他们接下来会按响哪家的门铃，那会是什么样的家庭，和主人的攀谈会给张姐未来的想法带来些什么变化吗？我不禁想张姐今天的想法何尝不是这么多年这么多次的每一次按门铃打开门之后的认识，是打开那道门重要还是门开后的生活对她的冲击重要呢？

有时觉得我和他们的生活仿佛隔着一道门，每当门铃响起，当门开了，我们有了交流有了关联，当门关上，门里依旧是我们的生活，门外仍是他们的世界，仿佛之前的交流又没有了任何关系。

当门打开，他们看到了我们的生活原来是这样子，这扇门也成为他们通向我们的一个开关，和他们想成为我们的一个途径。当门关闭，我们依旧是我们，把他们留在了原地——他们习惯而熟悉的圈子。

“逆行者”

最好是炎热的夏日偶然有几天阴天，心情又不错，放学之后我都会选择骑车回家，边骑车边想象着周围风景中有可能发生的趣事。对我来说这是一种有趣的享受，也让漫长路程在精神世界里缩短了很多。

然而，骑车的惬意经常在一段顺行的路上被打断，因为我必须时刻注意对面可能突然窜出的逆行的电动摩托车。他们驾车技术非常好，灵活而勇敢地在我面前肆意穿梭。为了躲闪，我时不时要在这段路上一次次捏下自行车的手刹。

看了看手上的表，没错，又是这个时间，5 点 30

分左右，在这座城市是晚饭即将开始时。有些后悔没有错开这个时段，避开这些“逆行者”。但我也知道，他们每天传递着我们的美食在路上为了生计奔跑的同时，也正逐渐成为这座城市生活中不可或缺的一环——外卖小哥。

在北京，很少有人没有点过外卖的经历，无论是一日三餐还是临时急需，他们成了我们思想的号令兵。每到吃饭时间路上的摩托车就会达到峰值，穿着或黄或蓝不同颜色衣服的他们，成为城市的一道风景线。

2020 年 2 月相关数据显示，北京送餐的人员已达到 2 万人。仅在春节和疫情期间，平均每天的订单为 40 万单。

阿峰，正是这些逆行者其中之一。95 后，巨蟹座，被太阳晒得黝黑的脸让人一眼就能看到他的忙碌。每跑一单，他的脸上都会留下阳光普照的痕迹，随着色度的加深也意味着收入的增加。

由于永远在追赶时间，他穿着一双颜色早已模糊不清的运动鞋方便他和时间赛跑，身材也因此显得健硕。

我放学时经常能看到他在小区里拎着几个外卖一路小跑，同时还不忘和周围的同行打着急促的招呼。阿峰是个热情的人，每当碰到不熟悉方向的同行找不到楼号时，他都会主动给出标准答案。匆忙的脚步使得和他说话前一句还在电梯里后半句已经在电梯外回应了。和我聊天这个事他一直不断更换时间，以我对他的了解，也是很多次在他送外卖刚好有点些空余时间里积攒出来的。

就像每个从家乡来城市的打工者都曾想过改变自己的生活轨道，要么为了机会，要么为了赚钱养家。高考失利后阿峰一度很迷茫，在父母复读机般让他复读的催促中他做出了让家人失望的选择。

“世界那么大我想出去走走，然后离开了我们村，因为在北京有个亲戚，就把第一站放到了这里。”阿峰不想被父辈的思想束缚，同时需要换个环境思考一下自己的未来。他来北京的第一份工作是服务员，因为能学到的东西很少又挣不到钱很快放弃，之后换过好几份工作，直到在做外卖之前，他做了房屋中介，才开始真正近距离接近他自认为理想中赚钱的门。

“可惜当时北京房价已经在调控，上涨空间有限，又赶上有疫情，最终我接受了亲戚的建议面对现实，先做一段时间外卖，活下去才能有资格思考未来。”

每天下午两三点是外卖小哥们最轻松的时间。他们会坐在树荫下的摩托上靠着外卖箱一起闲聊或者是各自刷着手机，顺便彼此问着当日的送单数。当然，那些大同小异的趣事，是群体认同最好的润滑剂。阿峰总喜欢把摩托车停得离大家很远，坐在车上半躺着听音乐。他的手机铃声，居然是与他自己年龄极不相符70年代出生人才会喜欢的许巍的歌《在路上》，他说，这首歌能激发心里的倔强，跑起来更有力量。

“一直觉得自己和他们还是有些不同的，虽然是因为面对现实才送外卖，但没有放弃我心中的想法，没有像有些人不思考未来混日子。”阿峰的口气中透着不甘和对现状的审视。

他口中所说的“他们”，虽然都是为了生活选择送外卖，但每个人选择的背后都有着各自的故事和对生活的不同思考。阿峰说，送外卖的同行里，有的是家里生活困难为了养家改变生活现状；有的是想让子女受到良好的教育，给子女挣一个好的未来而努力；还有的，是觉得送外卖相对比其他打工收入高……“当我从家乡来到城市，发现能做的很有限，但城市中有很多机会吸引着我们，我们需要做得又很多，随着这座城市不断发展，也改变着我和自己的目标。在北京不觉得，过年回家时和周围的人比，自己的成长很明显。”

在阿峰所接的外卖单中，写字楼的比重最高，这也是他对未来诸多憧憬中的一个场景。尽管没有按照父母的要求复读一年再高考，但这个心结他从未放下，也是他想暂时离开村子走出来的原因。

“每次送餐到写字楼，都会问自己是不是应该再考一次，就和他们一样了，可是离开学校几年……”这对于阿峰是矛盾的，从家乡出来原本是因为逃避，但有些事注定是要面对，越想回避越会经常投射在脑海。就像学习中的一个知识点，当你不懂想偷懒放过时，它一定会在某个时刻再次出现，让你的解题生涯无法进行下去。

日复一日在路上，难免疲惫。外卖这个职业流动性很大，不断有人离开也不断有人加入。从 2012 年外卖公司初现成立到现在九年过去，曾经很多人口中的“外卖小哥”有了极大变化：第一批小哥中有人已经走在成为油腻大叔的路上，而随着外卖这个职业包容性更强，一些年长者和女性也开始加入。

阿峰所在公司就有着不同年龄的代沟，有像他一样随时准备跳槽的“临时工”95 后，也有四五十岁利用空余时间赚点养老钱的中年人，这种人通常已经没什么家庭负担。而他所在公司的主力则在 30 岁左右。“这些 30 岁左右的外卖员大多是家庭收入的主要来源，压力比较大所以每天接很多单，如果能挣到钱通常不会轻易跳槽。”用阿峰的话讲，就是被生活捆住手脚只能就范的人。

而阿峰并不想成为这样的人，对于北京来说他觉得自己只是过客。而对于生活他认为自己是个赶路者，这和外卖永远在路上很像。“选择外卖这个职业最吸引我的不仅是能挣到钱，最重要的是自由。”

自由，这个理由是很多人选择送外卖最重要的原因之一。外卖小哥的忙碌是分时段的，通常人们准备三餐的时段也是他们最忙的时间。当我们吃完饭，他们才开始休息和吃饭。所以他们的饭点总会和普通人错开，以至不少人得上职业病——胃病。

送外卖就像计件工一样。阿峰曾经计算过，按每单外卖能赚 9 元来算，每个外卖小哥平均每天送餐的单数基本能达到 40 至 50 单，那么，每天的收入就能达到 450 元，而且在送餐中如果自己不方便还可以转单给其他人，虽然公司有转单的限制，但挣多挣少自己仍然可以决定。

收入及其性价比是目前外卖们选择这行的另一个重要原因。因此，当你看到一个外卖小哥脸上饱经风霜被晒得肤色比常人要深几度时，除了代表他的辛苦，还标志着他的收入不见得比你少。

秋日，午后的阳光少了夏日的炽热，阿峰正在摩托车上半躺着休息，一通视频电话打了过来，于是开始了一场并不愉快的交流。很快，他不耐烦匆忙地挂了电话，在那发起呆来。

阿峰觉得自己和别人不一样的原因林林总总，但其中一个原因令我没想到。原来他竟然是出生在北京的所谓的“北漂二代”。他的父亲曾在20世纪80年代末期来北京打过工，只是那时打工收入很低，每天才有1.95元左右，全年收入减去一些必要开支也就相当于现在收入的零头。之后父亲开了一家小卖店生活状况也逐步好转起来，只是由于家族一些事，父亲带着全家回到家乡。阿峰父亲一直希望他能考上大学，到大城市工作，实现自己没能实现的心愿。然而在高考失利后，对于是否复读高三他们之间产生了严重分歧，父子关系一直到现在都不好。

每次接到家里的电话，阿峰的心情都有些复杂。一方面，关心家中父母的情况，很想和他们分享在北京的所见所想让老人看到自己的成长；另一方面，自己目前的生活和工作状态显然不是父辈所期待和满意的，即使通过努力接再多的单也无法赢得父亲的认可。“其实我并不是烦我父亲说这件事，也不生气他的态度，我只是无法面对自己的逃避，这么久了我很怕自己被日子磨得不再思考这件事。这样，我就真的和周围人一样了。”

生活中总有些人竭尽所能要变得和别人一样，但也有些人用尽浑身解数只想要证明我和你们——不一样。

有时人的想法会在不知不觉中发生改变，之前没有先兆，不经意间改变了我们人生的路线图，就像《牧羊少年的奇幻之旅》一样，一个梦就此改变了牧羊少年的人生轨迹。2020 年当阿峰中午休息正在懒洋洋刷着手机时，一则新闻吸引了他的目光：河南籍外卖小哥因疫情期间在武汉冒着被感染的风险坚持给社区人送外卖的事登上了美国《纽约时报》，文章说：“外卖骑手的摩托车给疫情中的人们运送着希望……”阿峰看着这条新闻，内心翻滚着：“我送了那么多外卖，从来没有想过我是在做一件有意义的事，还能帮助到别人并给别人带来希望！”阿峰那份不甘心开始走向平静的内心被这则新闻打破了沉寂陷入新的思考：“如果说我能给别人带来希望，那么我的希望又是什么呢？”

思考，也许只是生活中的灵光乍现，一闪而过后，有的变成了一盏灯，但更多的是继续留在脑海中等待着下次绽放。阿峰的生活又回到了从出租房到在路上然后再回到出租房的循环播放中。唯一的不同，就是送外卖时除了赶时间开始打量摩托车掠过的这座城市，尤其当晚风拂面看着因晚高峰道路拥堵时他也少了些烦躁：“原来这个城市除了快节奏还有那么美的晚霞，原来晚上吃着我送的外卖的人和我一样在加班，他一直在等着我，我是他们生活的一部分。”

晚上 10 点 30 分，阿峰收工早了些，身后出租屋里传来人们热闹的闲聊声和玩笑声，空气中弥漫着酒水和饭菜的香味，缓解着人们工作一天的疲惫。这些人和阿峰一样都是来北京奋斗的异乡人，他们从事着与北京生活密切相关的职业如外卖、服务员、网约车司机、快递……

阿峰犹豫了一下，在门口的台阶上坐了下来，月光下点了一支烟，想着自己的心事。就像李健歌中唱的“不知不觉把他乡，当作了故乡，只是偶尔难过时，不经意遥望远方”。

“在和父母的分歧中、争吵中，以及带着高考失利后对人生的迷茫我开始了北漂生活，接下来送外卖让我有机会去了很多写字楼，当看到他们的工作环境，在与订餐人接触中，我一次次地问自己这是我想到的生活吗，要不要成为他们，我能不能成为他们，最终我觉得以我目前的情况无法成为他们，但我又不认为他们的生活是我目标的终点。”这几年生活中一幕幕在脑海里过着，突然一个闪念让阿峰飞快的思绪戛然止住，“我来北京是为了什么，经过三年了那件事我心里过去了吗？”

当有些事情我们以为被生活遗忘，它会躲在心里的某个角落，生活总是会逼着我们想起它，面对它。

出租屋里的喧闹声随着夜色不断浓重人们开始散去，屋里人叫着阿峰的名字，一阵冷风吹过，阿峰依旧坐在台阶上，只是他拿起手机思考着、迟疑着，几分钟以后，他拨通了电话。电话那头传来父亲有些惊讶的声音：“这么晚了，你有什么事？”阿峰沉吟了一下打破了僵局：“你最近身体还好吧，我过得挺好，我明天想休息一天，买些考试用的书和材料，未来我想一边送外卖一边看书，不知道晚不晚。”一阵语无伦次之后，阿峰终于平静下来。电话那头父亲沉默了一下说："你多注意身体，别太累了，将来我们还指望你养老呢！"三年的矛盾似乎顷刻之间被寥寥数语的电话化解了……

阿峰在他经历三年的逃避之后回到他为什么来北京这个问题的原点 ,他成为他这个群体中的"逆行者"。也许当我们面对问题无从回答时，回到开始的地方和初心握手，才能寻找到答案。

一个城市的魔性就在于，它可以包容不同的人，无论是寄居者还是常驻者。虽然各处不同圈层，总会有一些东西像一份外卖，一个确认电话让他们有了交集，有了联系，而之前让自己苦恼和焦虑的事通过彼此的视角和生活被化解、被温暖，双方也在变化中成长着。

很多和阿峰一样的外卖骑手，当他们从家乡来到城市时，大多只有单一的想法就是改善自己的生活境遇，很多人来北京很多年，甚至比我们常住北京的人都要熟悉每一条街道、每一个路标。时间越久他们越希望寻找自己的归属感幸福感获得感，无论是未得到时的惆怅失落还是收获时的兴奋喜悦，"家乡"这个词是他们永远挥不去绕不过放不下的情愫。

未来，当村庄变成一座座城市，城市与城市之间不再有“围墙”，人们的心门也自然会敞开，任由差异、想法在其中穿行……如果说外卖这个职业给很多从乡村到城市的人搭建了一座桥一条路，那么我希望这条路是双向的。

像你一样

对面大车飞驰而过，被大灯照得瞬间失明仿佛瞬间坠入了一片黑暗。只能慢慢适应着周围。此时是 23:46，已接近凌晨。

他习惯性地打开了手机上的脱口秀，缓解着一天的疲惫，听着李诞旗下艺人们讲的段子，笑意像爬山虎般不断向上扩张，整张脸顿时变得生动起来。几个月以来，他和他的同伴一直都是这个时间下班，此刻他什么都不想，只等着明天扑面而来。

早上 6:30，北京的清晨有些微凉，依旧开着这辆车，穿着工服的他返回了单位。分拣、送货、开会……这就是他一天生活的全部。这份职业使他成为与我们每天都会见面，而且已经是我们生活的一部分的人。他忙碌的身影，恰恰是一个充满活力的中国电商迅猛发展的缩影。

一个小时的分拣结束后，张宁开始在心里计算即将开始的行进路线，简单扒了几口饭，开始了第一趟送货。当送货车穿梭在自己负责的4个社区70多栋居民楼中，他自信没有人比他更熟悉这里，哪怕是住在这些居民楼里的人们都不会像他那么了解他们周遭的人，有的邻居之间甚至一个月也见不到几面。因此，他一直觉得自己对这里才最有发言权。待得时间久了，张宁的感觉也在发生变化，“虽然是一座让外地人向往的超级都市，但有时又会让你感觉繁华中有些疏离。那种感觉，还不如回到自己居住在五环外的大院子。有些拥挤有些嘈杂，但热闹并且真实。”

来了10年多却仍会有既熟悉又陌生的感觉，这让一直想融入北京的张宁有些迷茫。但他就是喜欢，这座城市让他获得了从未有过的自信、成长和与辛苦对等满意的收入。因此，留下来，恰是他目前的状态，也是他对未来家庭安排中一个重要部分。这种想法已经不是第一次出现。在10年前的一天，他也曾想过要留在北京，只是当时他很被动。

“送快递完全是因为当时生活必须的选择……”三十多岁的张宁，有着北方人特有的魁梧身材，粗犷而有些沙哑的男中音。也许是已长时间在北京生活的原因，他用几乎听不出乡音的普通话谈起了10年前让他成为今天的一场面试，但他并没有回避当时所面对的迫不得已。

10年前刚退伍的张宁，为了老家因还房贷而发愁的父母，也为了留在北京，当时只问了这家著名的快递公司招聘人员一句话，“能挣多少？”面试的时间很短，对于当时的张宁来说，能留在北京还能挣到满意的薪水是他的刚需。从后来的经历来看，也可以说是快递业选择了他。只是，他并不知道当时快递这个行业正处于电子商务交易量暴涨的前夜，与电商平台深度绑定的快递企业未来将在增长的路上飞跑。

从张宁选择送快递的2010年开始，中国快递行业似乎被按下了快进键。我所熟知的顺丰、中国邮政以及“通达系”成为市场占有率最高的企业，而其他中小型快递企业则分食剩余的市场。老师们总是强调数字是真相的重要组成，于是就有了下面：2010 年快递总量 23.4 亿件，总营收 575 亿元。但仅仅用了五年时间，2015 年快递总量就已经超过 200 亿件，总营收则达到近 2770 亿元。随着几家排在前列的民营快递企业从 2016 年开始陆续进入资本市场，快递业发展开始进入一个新的阶段。到 2020 年快递业务总量已经超过 800 亿件，总营收猛增到 8795 亿元。同时，国内快递员从业数量从 2016 年至 2018 年增长了 50%，2019 年快递员总数量约为 320 万……

张宁这时候选择快递业就如同无意中踏上了一辆飞驰的车驶向一个他事先无法预知速度和目的地的前方，只是驾驶者不是他，而是这个时代。

无疑，这次他选对了。

“有时就像冥冥中有安排似的，我身体素质很好，一直想考体育大学但因为分数不够没能实现，没想到的是刚到公司就给我分配到体育大学快递站，生活居然以另一种方式圆了我的梦。”

一次偶然的面试让张宁在体育大学这个快递站干了十多年。十多年前只想能挣钱还贷款就行的他，似乎没想到几年后他会亲眼看到自己走向从未曾想到的人生高峰。而这个高峰并不是当初他在意的钱，而是令他没想到的是收获了荣誉感。

生活在他毫不知情的情况下打磨着他，如果其中任何一项没通过，就会彻底改变他走到今天的路径。

脱口秀和性格内向似乎反差有些大，正是这种反差让他随时在各种情绪中切换自如，很难说是不是脱口秀救赎了他的性格“缺憾”。虽然现在他是公司上下知名的脱口秀达人，但原本有些内向的他，在刚到公司的时候还只是闷头干活，基本没有个人生活（这是快递小哥的普遍现象），直到有一次在单位业务大比武脱颖而出成为第一名。更重要的，这些表现出色的优胜者们获得了来自这个公司最高领导的认可，这无疑让张宁找到了自信的魅力，在台上表演脱口秀时也不再拘谨。来自自我认可的力量让他越来越自如，这次的胜出将给未来的工作和生活带来新的转机，而那时的他并未觉察。

从这天起他开始了一种全新的生活态度，有种跟以前截然不同的意义。至于他生活中的这个新阶段应该怎样定义，将来自会明白。

随着快递站每日配送量达上千件而且还在不断增加，他有了第一个进步，成为组长带领着 7 人团队，开始在楼宇中穿梭。通过接触北京这座城市中形形色色的各种人，他第一次抛开之前挣钱的急切重新审视从事的这个职业。“除了挣钱，我还能做些什么，我和这个城市中的人之间的连接难道只有一件快递吗，他们生活中会不会也会像我一样碰到麻烦？”

一段时间后，闲暇时张宁开始有意识地捕捉那些平时送快递时一闪而过的念头，“既然已经完成几年前的终极目标挣钱还贷，那么为什么还会像现在这样留在北京，我留在这还能做些什么？”这个问题让他觉得难以回答，但似乎又绕不过去。

很长一段时间里，张宁从未觉得送快递会和互联网经济扯上什么关系，但现实是他发现自己的所有生活和繁忙程度都被电商巨头公布的各种财务数据影响着，当然，也影响着上面那个他必须回答的问题答案。

财务数据和他的生活交织着互相作用着，一起攀升着。一方面，从 2009 年开始，电商制造的各种“节”让天猫、京东等企业交易额不断攀升创造着世界电商的神话。单以天猫“双十一”总交易额为例，从 2009 年的5000万元直接越过亿级单位达到2010年的9.36亿元，之后向上的箭头似乎已经失控，直至 2020 年 4982 亿元达到 12 年的最高点，而这个数字比 2019 年居然又提高了 2000 多亿元。

在电商不断刷新交易额的同时，另一边的情况是，逢年过节张宁都会有堆积如山的快递等着他处理，他和他的小组平均一个月可以送货 1 万件，在“双十一”时甚至达到一天送货 1000 件的纪录。他的收入自然也在不断增加，据他说已经达到之前的 3–4 倍。随之而来的是“首都最美劳动者”“河北最美农民工”一张张荣誉证书，直到代表快递小哥参加 2019 年国庆群众游行出现在“美好生活”方阵时，张宁迎来了他人生中的最闪亮的时刻。

到这里，他的励志故事似乎应该迎来句号，但此时他站在光环中突然找不到了根基。当他把一切荣誉与家乡的父老乡亲分享时，他又发现这所有的获得和成长与北京的黏性越来越大。这时，那个必须回答的问题又如野草般顽强地冒了出来。

因为忙碌张宁很多年没时间回家探亲，他决定回家看看。乡音乡情总是温暖着每一个出门在外的打工者，哪怕他们觉得家乡有这样那样的原因让他们现在还不能回来工作生活。原本的乡音已被在北京生活的十多年时间带走了大部分，残余的那些更多是一种抹不去的DNA的痕迹，以至当他回到村里在乡音和普通话自由切换时让曾经的老乡们更多觉得有些生分。其实，乡音对每个人都是思想乃至归属的烙印。

通常回家，他都会和村里的朋友们坐在一起热闹地大聊几场，谈兴高昂时，浓烈如老白干的乡音中他突然冒出了一句普通话，愣了一下他立马改回到老家话，现场往往出现几秒钟的停顿，随即大家选择了忽略继续着之前的内容。几次三番突兀的场景让他的老父亲多少有些尴尬，总是低声提醒他要注意点。

有别于乡音的人都是外地人，张宁在界定着自己的身份，毕竟他在18岁之后一直在北京。经过努力，现在他已经是这个快递站的负责人，管理着50多个人。这一切在张宁来看，已经超额完成他初来乍到的梦想。之后的每天依旧是早上6点30出门，晚上10点左右回家，比时钟还规律的作息，一度让他觉得自己就是一个在这里生活和工作的北京人，而且周围人也已经习惯了他的存在，并把他视同“一分子”。

生活中总有些人会因为厌倦习惯性的日常过于单调乏味而想打破它，而另外一些人，则会在这种周而复始的生活中思考找到自己的方向。一个新的想法，正在张宁的脑海中逐渐形成。

“当我回到家乡时，虽然很温暖，但我知道自己已经回不去了，那里的观念和环境已经不适合现在的我。我喜欢北京，现在我老婆也过来工作，未来我最想做的是通过自己的努力把孩子接到北京像你一样在这生活受良好的教育，如果可以，未来我想在这家公司在北京干到退休！”那个困扰他很久的又必须回答的问题，他突然给出了答案。就像生活给我们出了一道题，当我们苦思冥想时，它会启发我们找到答案，只是每个人找到答案的时间不同。

如同从农村走出来的张宁，和我们一起在北京生活工作，虽然每天的日常告诉他和我们是一样的，但在他心里也许天然不这么认为，他更希望“一样”的感觉能够在下一代和我们扯平。

有张宁这种想法的快递员不在少数。同是快递员的阿标，虽然也来自农村，但在送快递的过程中收获了一份北京爱情故事，他的孩子没有输在起跑线上——不仅在北京出生而且已经就读小学。但是为了融入北京，他每天除了送快递就去上课。“我最大的优点就是能吃苦，不放弃，现在在读大专课程，未来我还要上本科，我希望自己在北京和你们有一样的竞争力。”一条起跑线不仅是城市中孩子家长们之间的焦虑与螺旋式较劲，也许在不同的人心中都有着不同的起跑线，很多人为了达到这条线而努力着。

2020 年数据显示，顺丰控股管理着约 30 万快递员（其中包括与公司直接签约和其他各种形式合作提供服务的快递员），同时国家邮政局发布的快递发展指数从 2010 年的 100 增长到 2020 年的 1259.1。随着人们越来越追求生活的效率与便利，快递员的数量也在不断增加，楼下每天响起的平板车轧着地面不时跳起来的“咣当”声从楼下丝丝缕缕地升上来，这些拉着小推车的人不知道他们正处于起跑线的哪边，他们会用橡皮擦抹去这些无形的线吗？为什么人们只焦虑起跑而不关注耐力和沿途的风景呢？

最近，快递站的业务量又增加了，因人手不足在招新人。刚面试了一上午的张宁一边装车送件，一边和同事聊着刚才的话题，“一个从外卖跳过来的年轻人阳光有干劲，只是还没说几句，就问我送快递每月能挣多少钱……”

一切似乎又被推到过去。

Mr.李和他的学生们

人生中的第一次支教，
当我敲开小夏的门时
何尝不是人生给我打开了一扇门，
而当时的我却浑然不知。
治愈与被治愈双方
没有强弱之分也没有高下之别，
就像一部小说
很难说清治愈的是作者还是读者。

我的第一课

“欢迎大……”

手中那支有些斑驳的麦克风因为没电停止了工作，后面的话只能看见嚅动的嘴型。嗯，很卡夫卡。校长用力甩了甩话筒，似乎嘟囔了一句。看来这种情况已经司空见惯，还没等到采取任何补救行动，随之而来的是一片救场的掌声。

上面的场景来自一个简单欢迎仪式的开场，最终，因为话筒罢工不了了之。

2019 年 7 月一场大雨的午后，一片泥泞中，是一条车辆已经无法正常通往学校的小路。在学生们好奇与期待的眼神注视下，我和一起支教的大学生决定下车步行。这是我第一次来到农村，第一次在《新华字典》以外触摸到“贫困”这个词。

脚，在坑坑洼洼泥泞的地上无处安放。从下车走到校门 50 米左右的路程，鞋的自重已经百上加千以致“无法自拔”，但前面却是这个村乃至附近几个村中最大的一所公立小学。

这个村的地理位置很好，位于冀鲁豫三省交界之处，隶属河北省的一个小镇，距离县城不过 2300 米。如果说之前我在电视上经常看到某些山区是因为自然环境造成经济不发达，但一个在华北平原上，而且离北京这么近的村子居然是贫困村，令我很是费解。

致欢迎词的校长其实很年轻，80后，中等身材，一副黑边框眼镜下一张沉稳而有些风霜的脸，他是我来这个学校遇到的第一个工作人员。之所以这么说，是因为他的身份有很多：校长、数学老师、英语老师、体育老师……这不算什么，这个公立小学只有三名老师。李校长也是这所学校的灵魂人物——教高年级的语文老师，还有一位同时教低年级数学和语文的女老师姓张。她开朗干练，一头短发显得很有活力，她的另外一个身份在学生们之间也并不是秘密，李校长的老婆。在这三剑客的支撑下，这所公立小学成为附近村子中留守儿童唯一能享受九年义务教育的地方。

中心小学其实不在村子中心，相反，它恰恰处在这个村的边上，就像我曾经抱怨过北京四环之于东西城。家长们经常抱怨接送孩子很不方便以致影响到学校的生源，这让校长有些头疼。为了能让各村适龄学生开学到校上课，李和包括老婆在内的老师们想尽办法，其中之一是在学校大门最醒目的地方挂招生广告。红色的横幅上“中心小学新一年级开始招生啦！免学费免书费！”在有些清冷的街上这句话显得格外抢眼和急切。当然，与印象中家人告诉我的“少生孩子多种树”或者“要致富先修路”也差不多。

又开始淅淅沥沥下起了小雨，孩子们开心地提前回了家，我则匆忙地把行李放好，拖着不断自我增重的鞋，开始在这个所谓的学校中参观。不知是习惯了这里的雨季还是因为兴奋在雨中连伞都没打，作为东道主的校长同志开始兴致勃勃介绍学校的每一间校舍。

结构一目了然。由两排平房组成，中间将近七八米的过道将每排平房分成左右两段。“第一排左侧是学校临街的传达室，过道右侧是我和老师们的办公室，第二排在南边的两间是学校的低年级教室，北边的两间是高年级教室。”

边走边用沙哑的声音介绍着再熟悉不过的学校，但李给我的感觉，就像一个荣誉在身的人在擦拭并炫耀自己的勋章。几分钟就参观完了这座中心小学，大门上斑驳得有些模糊的“中心小学”四个字，或许，它在之前也曾经辉煌过，那些曾在这学习过的学生们现在都在哪里、过得怎么样……一连串的想法在我的脑海里驰骋，可惜随即被学生教室打断了思路。

略显坚实的红色砖墙下，绿色木门大部分都已经掉色起皮被风化得有些严重的木门开始露出了木头本来的颜色。教室门外的台阶上，水泥毫不掩饰地脱落，修修补补的痕迹随处可见，至于更显眼的木质窗户则索性被打掉了。据李校长介绍，村里已经给了一部分经费，学校正利用暑假假期给教室换成塑钢窗户。白色的塑钢窗和掉色的绿色木门很不协调，但是，这一点进步仍让校长和学生们开始期待开学。

令我意外的是教室外面的班级牌写着“一二年级”，或者是“三四年级”，这让明天要给同学们上课的我，有些困惑。教数学的张老师说：“我们这只有两个年级，高年级和低年级，由于受师资的限制学校的孩子们一直是年龄相近的在一个年级，有可能前后差几岁，但是小的都放到一个班，大些的孩子都在高年级也就是三四年级，三四年级的同学再升学就只能去镇上的小学上五年级了。”没有更好的条件留住学生让她显得有些无奈，因为这个暑假之后她教过的学生就将离开这所小学。

黑夜的幕布逐渐展开，明亮的星星挂满安静的夜空，这在北京是不多见的。趁着还没停电，我和支教的大学生清理出学校堆放杂物的房间，睡在地铺上，心里却想着下午见到的那些孩子。脑海里强迫着自己又把明天要讲的课再过一遍。就这样，在对上课的期待中开启了我的支教生活。

一切的一切，都让我没想到。

正值暑假，已经放假的学生，听到我们来支教，家长们一早就把孩子们送过来。而我们忽略了一个重要环节：早饭，吃什么或谁来做。

没想到，支教要过的第一关居然是做饭，都没做过饭的我们，手忙脚乱折腾了好一阵，其实到现在我都不记得第一天吃了什么，只记得很快，填几口就出现在教室里了。一个上午我有两节课，负责三年级历史和英语。当我抱着提前准备好的教案和给学生们带来的书与小礼物走进教室时，始料未及，教室里是一片欢笑的打闹声和几个同学追逐中椅子撞倒在地的场面……当他们看到我时愣了一下，我也并没有等到习以为常的："老师好，起立！"这个开始仪式。

总之，这和我想象的场景相差甚远，"我能顺利地把历史课上完吗，他们会喜欢吗，我能吸引他们对历史的兴趣吗……" 当我在心里不断打着鼓，开始了我人生中的第一课，为别人上课。

扶起撞倒的椅子，收拾着他们打闹后的残局，有几个女同学主动过来帮助捡起跑满地上的铅笔，教室逐渐安静了下来。回到讲台上，我努力注视教室后面墙上贴着有些掉色的"努力学习，改变命运"几个大字。

“老师，你是从北京来的吗，教数学还是语文？”一个男生高声问。

“我们聊聊北京？除了数学和语文你还喜欢什么？”

“我们没上过别的课，你拿的那个卷起来的东西是什么，你是来教我们魔法的吗？”一阵嬉笑声掠过有些狭窄的教室。魔法？我也笑了，原本就准备的历史时间画轴因为没有地方挂，只能在缺了一角的黑板上用粉笔画了一个数轴并标上了历史年代。看着他们好奇的眼神我并不想马上就揭开谜底。一个意想不到的开局已经打乱了我的安排，索性，我和他们聊起了北京，这个他们通过努力有可能改变命运的地方。

从故宫开始，讲到我所在的学校，再到北京的大学，我发现他们眼里的光芒在一点点变亮。我如同提着一盏灯，想一直提着，生怕它熄灭：“请同学们看一看，我们现在在这个时间轴的哪个地方……”

我挑了几个有代表性的朝代给学生们讲起，但他们似乎只对清朝感兴趣。一个男生说他在电视上看到过描写清朝题材的历史剧、穿越剧和武侠剧，他用他所“了解”的清朝和我讨论着历史上的清代。还有人能把清朝的十二位皇帝细数出来，索性我就让他把知道的历史人物上台给大家讲讲，历史课就在故事和真实历史中不断穿梭着。

一次次的提问和争抢着回答问题,让我开始进入状态，之前的担心已无踪影。看着低头做题的学生，站在讲台上的我在某个瞬间感觉自己就是一名老师，可以为别人打开知识之门，还可以陪他们一路走下去直至通过知识获取力量的人。当学生们慢慢走进中国历史,提问题的主角也逐渐由我变成了他们。在接下来进行的小组讨论中，那个一进教室就向我发问的男生对分组讨论很感兴趣，不断指挥着同学搬桌子，分发着各组的讨论题目，他的影响力使这个原本有些耗费时间的过程很快完成。于是，有了人生中我自己指定的第一任班长。

每个小组派一个代表轮流表达自己组的观点,台上的代言人们各有特点。有的扭捏有的则滔滔不绝……热烈的气氛随着“丁零——丁零”摇铃声响起，我人生中讲的第一课结束。

当学生们还沉浸在历史讨论题的思考中，我把那个被视为魔法棒的历史时间画轴交给班长，让他想办法挂在班里的墙上，正当我宣布下课即将走出教室时，身后猝不及防地传来："谢谢老师！"我的心一下被击中，由于激动热流在全身翻滚着，这就是幸福吗，这是学生们认可我了吗，在我还是学生的时候居然提前感受到作为一名老师被认可的感受，我必须赶紧下课，不然怕会控制不住眼泪……

课间休息时我把课上同学回答问题的次数列了张表，并把带来的小礼物作为鼓励发给我的学生们，拿着糖果和文具他们在学校的空地上开心地笑闹，看着他们我觉得自己也像回到了童年。

手机上很多心灵鸡汤都在教人如何开心愉快，原来，开心就这么简单。正当我沉浸在这个画面中时，身边一个细弱的声音打断了我，"老师，我可以再拿一袋糖果和一支彩笔吗？"低头看到了一个头发有些凌乱的女孩，眼神中带着询问与试探。我蹲下身，还没等问，她主动说："这个糖果我奶奶和弟弟都没吃过，我想给他们拿些尝尝，可以吗？”我一边给她拿着糖果和文具一边和她聊着奶奶和弟弟的生活，都说给予者应该是幸福和喜悦的，看着她远去的背影，此刻 17 岁的我有些伤感，突然感觉自己，渺小。

支教第一天的晚上，每位支教学生都在教课的同时感受到除了开心、感动之外，还有某些不可名状。当我们在晚上交流着自己的感受和感悟时，不知道我的学生们此时会不会也兴奋得和远方打工的父母视频说着今天的所见所闻，有没有感到生活与以往有一丝不同，这些容易被忽视的不同可能是他们不同人生的开始，这个芽会一天天长大，直到吓周围人一跳。

我们的到来，或许让他们感受到外面世界带来的思想和观念，就如同一丝风吹开了一扇门，想不想向外看还是选择忽略取决于门里的人，接下来打开门走出去就要靠他们自己的力量，而这种力量有可能是肉眼可见的肌肉，也可能是来自知识或是思想的力量。

地铺上，夜色中。我开始，有些不同。

校长归来

他，拿着干毛巾小心翼翼地擦着之前被雨水打湿的招生广告。几只鸡慵懒地溜达着，不时抬头往这边瞅两眼。校门外一个有些驼背的老人旁边停着一辆三轮车，上面散摆着看不出厂家来源的几袋零食。老人正等着学校放学的第一单生意。

刚擦完招生广告的李校长皱着眉头向安装塑钢窗的小工径直走去。“这么好的塑钢窗你们能不能仔细点，刚下这么大的雨都不知道放个避雨的地方，淋成这个样，赶紧擦擦！”说着，把毛巾扔到小工手里。没有抱怨，小工不情愿地擦了起来，用力，也有情绪。

忙完这些，校长开着他的专车——一辆红色电动三轮出了校门。来支教的日子我很少看李坐在办公室里。想知道他在不在，看学校唯一的那棵树下有没有那辆红色电动三轮车就行了。

最近，让校长烦心的事，就是招生。眼看还有一个多月开学，李利用这个假期没少去家访，可附近村子还有不少家庭仍在犹豫。不少留在家中看孩子的老人说要与在外打工的孩子爸妈商量一下再决定。“虽然有的家庭收入很低上不起学，但目前按照国家政策适龄儿童都要上学，而且我们是公立学校是免费的……”他试图说服村里每一位老人。

我支教的这个村，是比较典型的北方农村，农民种地收入比较低，加上没有其他产业支撑，单靠地里刨食很难维持生计，因此大多年轻村民都选择在外务工或做些小生意。虽然全村户籍上显示大约有 2000 人，但平常却见不到多少，只有农忙时在外务工的人才短暂回来几天，帮家里干完农活便又马上离开，因此绝大部分时间里都是老人和儿童在留守。附近的几个村大都也是这种情况，这是中国北方农村的基本现状。

相比之下，我所在的这个村在教育上更强些，附近有些村子因为生源和师资问题不是没有小学就是只能上到小学二年级就得转学到镇上。只有中心小学，是附近最大的一所公立小学，但因为生源和经费问题一直在艰难地扛着。

“之前村里每年出生孩子有一二十个，加上其他村的孩子，大约一个年级有 70—80 个学生，现在就只剩下 40 多个学生了。虽然有些学生家长已经说孩子要来上学，但还有一些不确定。”提到生源这个问题，校长显得有些焦虑，“如果生源不足，镇上或者村委会就会减少拨款，虽然我能理解，但没有拨款对于公办学校来说日子会很难，像更新校舍改善升级硬件，引进人才加强师资都没办法做到，体现在升学上和镇上公立学校就没有竞争力，学生来的就会越来越少，周而复始，就陷入了一个不断缩小的怪圈。”

李担心的事正在发生。

随着村里去外地务工的人不断增加，有些家长开始重新考虑孩子的教育问题，他们已经不满足把孩子放到中心小学，有的直接把孩子转到镇上公立小学。中心小学面对镇上公立小学，无论是学校硬件、师资条件还是生源的竞争都显得力不从心。尽管如此，李校长仍有些不甘心，“必须得扛住，不然中心小学又会回到从前。”

中心小学在李心里有着不可替代的位置，之所以他从深圳回到这个小山村，也是因为这里。

坐在学校唯一的这棵树下，喝了口水，校长平复了一下情绪，指了指学校对面一条街远处的几座房子，“这是我很早住过的地方，我在这土生土长，小时候这所学校就是我们村的公立小学，那时和现在一样周围村的孩子都来这上学。尽管周围也有学校，但我们学校的考试成绩和附近十几个村子比一直排名第一，在这一带很有名，那时是这个学校最辉煌的时候，也是我儿时最自豪的一件事。但在我毕业几年后，学生开始慢慢减少，直到在2005年这所小学和镇上小学合并，就此抹掉了与中心小学有关的所有辉煌，直至消失在人们的视野中。”两个小学的一场合并，让很多在中心小学上过学并已长大成人的家长们失去了童年的印记和自豪，这让李有些遗憾。

拍了拍粗壮的树干，他喃喃自语：“长得这么粗壮，我都爬不上去了。”

“中心小学取消之后，原来的小学改成幼儿园，还保留着‘中心’二字和公立属性。2010 年前还经营得一直不错，但到 2015 年由于家庭幼儿园兴起，中心幼儿园只剩下 20 多个孩子，经营陷入困境。”按照当时的情况，如果学生人数再减少，中心幼儿园很有可能会走中心小学的老路，这是自中心小学被合并之后遇到的第二次危机。

而当时，远在千里之外的李自大学毕业后在深圳找了份稳定的工作，并且和张老师商量一家三口准备定居深圳。原本以为和这个村庄再无交集，但在一次回家探亲路过中心幼儿园时，他和家人的人生轨迹发生了改变。

那天，李走进有些冷清的幼儿园，看着曾经写着“好好学习，锻炼身体”的围墙上已经变成了“勤洗手、讲卫生”的涂鸦，从前的教室前多了几个转椅和跷跷板，只有大树还在，而且长得越发茂盛。他在大树下坐了下来。靠着粗壮而坚实的树干，眼前浮现小时候和同学们一起爬树的情景，嘴角不禁翘了下，就这么在树下坐了许久，直到太阳快要落山才起身，看了一眼“中心幼儿园”的招牌离开了曾经的学校，径直走到村长家。他向村长提出了想接手中心幼儿园，并在幼儿园基础上办一所小学，名字还叫“中心小学”。

这当然来自当事者本人的追忆和自述，但我相信。当村子的人为了改变生活正不断向城市涌入时，李选择了回乡创业这条与别人不同的路。

从小山村考上大学，再到深圳工作定居，对于大多数从这里走出去的学子来说——故乡已经画上句号，但李亲身经历过的这些恰恰让他明白知识改变命运对山村的孩子有多么重要。为了改变村里的教育状况，他接手了处在经营危机中的中心幼儿园，进而成为中心小学的新一任校长。

“当我把‘中心小学’的牌子挂上学校大门，心里特别激动，终于能给村里的孩子做点事，出去多年我也终于找到了归属感。”

一般到这里，电视剧应该迎来大团圆剧终，但现实生活远比屏幕上或莺莺燕燕或狗血八卦要更复杂更多变。关于主角的命运，编剧已经无法掌控。

提起从前，李坚持认为成为中心小学校长，才是自己人生挑战的开始，而且这种挑战仍在继续着。“我离开村子这些年，村里变化很大，出去打工的人挣到钱都选择回家盖房子，久而久之，原来中心小学的位置在我接手的时候，已经不在村子中心甚至到了村子边上一个很偏僻的位置。由于位置不好老人送孩子上学时常抱怨不方便，慢慢影响到了生源；加上学校早已没有往日的辉煌，给村里人的印象不断下降，让来上学的孩子家长越发没有信心。接手这个学校时我知道会有困难，但没想到有这么多，可如果不接，学校关门，这块地就成了废地，如果把这块地处理了，那么这个村就永远没有了学校！”

接手学校后，李才体会到在农村办个学校很不容易，每天要面对层出不穷的问题，而最重要的师资问题还没提上日程，学校只有两位老师苦苦支撑着。其中一位，还是他老婆。

如果说学校自身的问题已经给招生带要来困难，那么，在面对日益强大的同行竞争中中心小学的处境更加被动。

接手后李校长很快就遇上了一个难题，那段时间学生人数一度减少，最少时只有 20 人。一方面赶上村里大量村民进城务工，有的家长直接带孩子到外地上学，另一方面在县城里私立学校开始兴起，周围村家里条件好的学生跨过村、镇去了私立学校，加上县城里又新建了几所小学，很多学生都执意进城上学。这对本来就被生源问题困扰的中心小学来说，犹如雪上加霜。

“我一直有些不明白，为什么村里条件越变越好，而我们的孩子们却没学上了，他们的父母为了生活已经逃离农村，那下一代还要像他们父母一样离开吗？如果这样，不只是学生没有小学上，未来村子里就都没了人，我们的家乡谁来建设呢？当时我就想既然回来了，我和我老婆都是公办老师，不能让孩子们连上学的地方都没有。”面对农村的普遍现状，或许需要很长时间才能解决，但为了这个村子的孩子们尽快上学，他开始自己动手修教室，铺水泥，家访、找村委会商量拨款……

在这个只剩下为数不多留守儿童和老人的村庄，中心小学的一举一动都备受关注，并成了村民们每天见面都会议讨论的话题。一天，曾经和李校长在中心小学上过学的同学找到了他，希望他能把中心小学坚持下去，尤其是村里还有一些因残疾致贫家庭的学生，由于他们的父母是残疾人无法出去打工，而家庭收入微薄没有能力送孩子到镇上，只能上村里免费的公立学校，而这部分家庭达到村里人口的 4% 左右。

“现在村里人对孩子在哪上学很发愁，既找不到地方上学，也没有合适的学校，就算是到县城上学还得托管，六年下来没人看着孩子，学习不好上不了好初中，就没前途，未来他们总得比我们强吧！”

面对小学同学的一番话，李校长觉得自己回来的决定是对的。在深圳，他只是个最普通的打工者，但在这个小山村，他更像是“拯救者”。

随着来城市打工的人越来越多，带着新理念和视野的他们短时回到村子后也开始思考和越来越重视教育。面对上学这件事农村的家长和城里的家长其实有着同样的困扰。作为土生土长的村里人，他们的想法很简单，只想让孩子在身边就能上个好学校。

中心小学，一个并不出名甚至有些没落的小学，在这个小山村却承载着村里那么多人的希望，为了重新成为真正的中心，也为了不让当年中心小学的学生、现在已为人父母的家长为孩子上学而苦恼，李校长一直坚持到现在。

尽管还有学生流失，与镇上和县城学校的竞争依旧处于劣势，但李校长觉得中心小学最差的时候已经挺过来了，未来还想和私立学校抗衡一下。

“既然我接手了这个学校，就有信心把我们村的公立学校办成比私立学校还好的学校，现在上面的拨款还没到位，由于经济原因我和张老师把挣的补课费都投入到了学校，就算把我和我老婆两个人的工资加起来改善学校的硬件设施也是比较困难的，但在软件方面我们有信心做好，拨款没到前我们就靠自己的能力能改变多少就改变多少！”

除了出去家访、跑拨款外，李最喜欢待在树下而不是自己的办公室，看着认真上课的孩子们想着学校的未来。但最近有些变化，他在办公室的时间更多了，电话一直不断，为了不影响同学上课，李总是拿着电话从树下一路小跑到办公室接电话。

“你是什么学历……哪年毕业的……英语怎么样？哪天过来看看……”校长热情地和电话那头交流着。一直以来学校老师都只有他和他老婆是铁打的营盘，其他老师像流水的兵一样干一段就因为各种原因离开，师资一直是李校长的心病，在等上面拨款的同时，李校长寻找着适合的老师，要求之一就是：能够待久一点。

“村里男孩大部分都去打工，留在村里的很少，像我这样考出去又回来的几乎没有，所以我们主要是找村里或附近村没有远嫁的当地女孩过来做老师，我很想通过自己的能力带出一支老师团队，说着容易实际做起来比较难，除了待遇还有大环境对打工人群回乡建设观念上的引导，这需要几年的改变。”没有老师愿意来这个现实问题逼着李校长最近通过同学、村委会这些能用上的关系物色了几个老师，听说只有一个愿意过来看看，李校长很开心，一早就和同学们打扫起校园，教同学们用英语和老师打招呼，为了给老师留个好印象。

校长的英语口语略带着乡音，他每天都挤出一些时间在网上练习口语，新的英语老师还没招到他就一边学一边教，先给学生们普及英语基础。相比镇上和县城的一、二年级小学生还没有开设英语课，他终于领先了一步。刚定好的新学期课表上显示英语课从每周一次加到了一周两次。

李对英语的执念，并不是因为与镇上或者县城学校竞争，而是，他本人在外地上大学时明显感觉不如城市孩子英语底子好，也因为不自信错过了很多机会。“目前，农村孩子普遍英语不行，但北上广深的孩子英语好是因为他们从小有这个环境，农村对英语不重视，我们村除了我没有人会说英语，所以我一直想招个英语老师，让孩子们将来拥有更多的机会。”

这些年他在一线城市学习工作感受到很多先进的教育理念，如果能把这些理念嫁接到村子和学校里，也是一种尝试，未来如果可能他还可以和孩子们一起实现“出国梦”。

“如果只是我们几个老师和孩子们说外面有多好多精彩，不如打开门让外面的人走进来和孩子们接触，让孩子们感受这种差异更直观，所以我想请外面大学英语好的学生或有留学背景回国的学生来村里支教，和同学们面对面互动。未来有条件了带学生到大城市感受一下，或者等他们英语有一定基础带他们到国外见识见识，视野开阔了，学习只是水到渠成的事。”

李校长正在实施他的新理念，我和支教大学生就是中心小学第一批从外面世界走进来的人。支教大学生中有好几个是贫困山区走出来的，当他们看到李校长和他们一样的经历时，不知道这些支教学生对未来的选择会不会发生改变。

“一个孩子就能改变一个家的命运，这些家庭组成了村子，如果教育的落后使我们的孩子没有知识，这个村子也没有未来。”在李校长看来，办这个中心小学不仅能解决村里孩子的教育问题，还能解决村里一直面对的贫困问题。

他算了一个账：如果村里孩子有一半能考上一二线城市的大学，即使将来一部分留在一二线城市，一部分像他一样回来，那么这个村在 20 年后也会有很大的变化，再过 20 年，这些孩子有了经济来源成为社会的中流砥柱，这个村就不再贫穷了；如果没有考上大学的剩下的那部分孩子初中毕业后上了技校或职业高中，未来到厂子里面上班，那么这个村就不是现在意义上的村子了，或许会成为一个小城镇。

也许未来会像李校长期待的那样，但他现在每天要面对的是来自生源、师资、拨款的困扰和竞争的挤压，这似乎更激起他的斗志：“我想在这个学校里干上几十年，把学校建设好，然后把来这上学的孩子们培养出个样！”

面对贫困，有的人选择离开，有的人选择回来坚守改变等着大家归来，如果大家都选择离开，那我们出发的起点在哪，没有了起点我们的出发还有意义吗？

一阵电话铃响起，传达室的看门人小跑出来，“赶紧的，村委会让你过去改一下拨款申请！”红色电动三轮车飞似的蹿出了校门……

治 愈 者

我的目光一直追随着她，我确信身边的人也像我一样。

韵律感十足动作优美的她无疑是这次文艺汇演中最亮眼的人，在她的脸上你看不到一丝因为家庭带来的痕迹，当你和她聊天时会感觉她本不应该出现在这里，平静的表情折射出的状态不像一个只有 11 岁的女孩。她就是这次文艺汇演的主角，小夏，也是这次支教让我最印象深刻的学生。

这是支教结束的前两天，我们和中心小学学生准备的一场文艺演出的场景。在演出之前定节目的时候，我们给学生们编了一支舞，但由谁领舞一直没确定下来。当我和大学生们在操场排练准备表演的舞蹈时，小夏走了过来，模仿起我们的动作。这时她超强的模仿力和舞蹈感染力展现了出来，只一次她就把我们在手机里放的动作全部完成，主角当场就定了下来。

这个学生，是我最先认识的几位同学之一。她长得是这些孩子中最出众同时也是最瘦的女生。给别人的感觉性格外向、善于表达或者说知道怎么表达别人能接受，她在各种场景下都是最活跃的一位。我一度怀疑她是否属于这个村子，不知道她爸妈会是什么样，她是真的开心还是必须得开心。

一天早上，我带着她们练舞蹈，本来有些担心临时编的舞蹈呈现出来的效果可能会不好，但看着她跳舞时忘我、放松自信的状态，我的心落下来。这时刚好路过的一位老师对我说："小夏很喜欢跳舞，不过她在这种家庭里不容易，你多给她一些关心鼓励。"

"她每天都那么快乐还用我鼓励？"看着她在操场上和同学们认真讨论着动作，我心里不禁有些怀疑。

文艺汇演其实是一个告别演出，因为担心晚上会突然停电，所以定在我们走之前一个周日的下午。在这个以留守老人和儿童为主要常住人口的村子，平常很少有文艺活动，所以这天能来的家长都来了，当然都是爷爷奶奶们。有的老人手里还抱着不会走的小孩子，因为陌生环境不适应而大哭起来，附近各家的狗和鸡也凑了过来，现场非常热闹。

这是村里第一次有大学生来支教，村委会很重视，我们把村长也邀请了过来，一位身材魁梧、淳朴热情的 40 岁左右的中年人。村长讲话时并没有出现我们学校校长讲话时安静的情景，哄孩子的老人依旧大声逗着孩子，化好妆的学生不时跑到家里人身边摆出各种姿势秀着自己的样子，就在村长致词时，还有两只鸡溜达到他脚边目空无人地踱着步时不时咕咕地叫着……或许这是村里的常态，村长在完全脱稿的情况下并没有受到任何影响，最后他用浑厚略带沙哑的声音对同学们说出他最大的愿望：“如果你们也想像这些大学生们一样生活，唯一的出路就是学习！希望你们能通过努力通过知识改变命运，走出大山走出这个村子，如果你们有本事了，我会在这等着你们回来！”虽然没有一个整齐正式的会场，虽然周围一片嘈杂，村长这个愿望还是带来了一片热烈的掌声。

无论是我们支教学生的独舞，还是孩子们的集体节目，村长和家长们都被现场的气氛影响着带动着，当看到精彩片段时，他们还拿出手机和电话那边的学生父母视频介绍着情况。当最后一个节目小夏以领舞出现在大家面前时，无疑成了这场汇演的焦点，黄色的短裙在蓝色的天空下，显得那么灵动有活力，如同一个精灵点亮了全场，看着她在音乐的节律中，享受着放松地舞动着，仿佛这个舞台是她一个人的，这就是文章开头出现的那一幕。

演出很成功，结束时家长们纷纷和自己家孩子拍着合影，可是小夏不见了。找到她时她显得有些安静少了平日的欢快，怕她尴尬我提议给她卸妆。外面的音乐还在响着，其中夹杂着孩子们的追跑打闹声，教室里显得越发安静，我把她头发上的卡子取了下来，一头乌黑顺滑的头发垂了下来，沉默中，我正在寻找话题打破僵局，她率先开口了。

“我今天表演的舞蹈大家还喜欢看吗？”

“太棒了，你让我们眼前一亮，所有人都看着你呢！”我感觉自己的语气显得有些夸张。

“可是她没来，看不到……”

“谁……噢……没关系，你跳舞时我全给你拍下来了，都在我手机里呢。”

说这话时，我并不知道小夏嘴里的“她”是谁，但应该是一个对小夏来说很重要的人，这么重要的事为什么不来呢，我的脑海满是疑问。卸完妆，我想送她回家，被她拒绝了，看着一个小小的身影在夕阳下被拉得好长，突然觉得来了这么久每天和她一起笑一起闹，有些不那么真实，我真的了解她和他们吗，他们离开学校每天要面对怎样的家庭生活呢？是不是这才是我最应该了解关注的呢？

临近离开，我们决定利用最后一些时间做件重要的事，家访。

经过和村里商量选定了几户贫困学生的家庭去走访。这天正好是农村赶集的日子，平日冷清的街道变得热闹起来，除了村民外还走着牛和马的马路被附近村子来赶集卖东西的人占了大部分，我们开着校长的那辆红色电动专车缓慢地走在坑坑洼洼的路上，来到这个村子唯一一个小超市，买了面和油之后的车子已经没有坐的地方，除了司机我们只能跟着车子步行走着去村子里家访。

在走访中发现这些家庭都有相似的一面，家中的主要劳动力都不在或者是有些家庭成员有残疾导致生活陷入困境。从外面看他们的房子建得还不错，进屋后的场景却和大门外形成了很大的反差。让我意想不到的是，他们的眼神中并没有哀怨和浑浊，而是有着从容接受现实的平静。这是我第一次近距离接触贫困，和我想的不太一样，没有悲情，当我问其中一户人家对未来生活有什么打算时，他说："虽然镇上来扶贫村里也给我们一些补贴让我们家基本生活不用发愁，未来我想看在村里有什么能做的，凭自己能力赚点钱，出去走走。"他说这番话时我是能从他眼神中看到他对未来的希望。

在黄昏最后一抹晚霞变深即将被拖进黑暗时，我们走到家访的最后一户。

用力敲了几下门，可紧闭的大门没有任何动静，正当我们准备离开时，大门开了一道口子，将目光向下看到了一张熟悉的脸，小夏。

只是她手里还抱着一个小男孩，愣了一下，她很快把我们请进院子。院子里有些凌乱，水盆里还有未洗完的衣服，我们准备把面和油给她送进屋里，掀开沾着各种斑痕的门帘，虽然屋里亮着灯，但光线仍有些昏暗，看不清周围环境，隐约可见几件简单的家具，桌上还有两盘做好的菜。

“就你一个人？你家大人呢？”村委会的人问着小夏。

“我奶奶这几天没在，有个亲戚病了，她过去帮几天忙。”话音刚落，里屋传来了一阵动静，一个年轻女人出现在昏暗的灯光下，和小夏长得极像。

“就你和你妈在啊，我们给你送点面和油来，回来和你奶奶说一下。”

小夏的妈妈用手比划着似乎在说感谢的话，小夏做着“翻译”，这时小夏怀里的小男孩也许是因为很少见陌生人的缘故突然大声哭了起来，妈妈赶紧从小夏手里接过弟弟进屋哄了起来。

村委会的人边走边对小夏说，“奶奶回来前有什么要帮忙的随时找村委会。”“一家之主”小夏像小大人一样点着头送我们离开，在一群高大的成年人面前，小夏本来就瘦小的身影显得更加弱小。走出大门前她拽了我一下，虽然我还停留在刚才的惊讶中，但在接收到她的暗示后，我提出要留下来给我的学生补补课。

这次家访最让我意外的就是我始料未及地突然走进了小夏的生活，她刚才在门口的一愣让我心中一阵紧缩，是心疼还是担心无法描述这种感觉。我明白了那次汇演之后她的失落，因为妈妈是聋哑人的缘故无法来看她的演出，无法看到她有多棒！

奶奶不在，她成为一家之主帮妈妈照顾这个家。看着她炒的菜，我主动给她和自己盛了一碗饭，此时屋里的弟弟已经熟睡，昏暗的灯光下，我和她一起吃着晚饭。

我想让她开心些，于是打开手机给她看演出那天她跳舞的视频，她的笑容重新回到脸上。当看到集体舞中有几个男生有趣可笑的动作，她大笑了起来，仿佛又回到以前在学校时的样子，这时我心里冒出一个想法：我想做个治愈者，我要帮助她。

突然，一片漆黑，又停电了。我们只能在黑暗中吃晚餐，这让我有些烦躁，此时耳边的蚊虫声狗叫声不绝于耳……再过几天我将离开这个随时停电的地方，回到我生活的那个24小时不会停电的城市，看着漆黑的房间，我真的愿意把她留在这黑暗中吗？想到这我的手开始在黑暗中寻找着手机这唯一的光源。

“不知道你介意嘛，你们村……”我试探小夏聊着她的生活。

“嗯，我们村是贫困村，我们家是贫困户，靠我爸打工和村里的补贴生活。”她敏感而又直截了当的坦率让我吃惊。

“你想过未来离开这吗？你觉得读书和挣钱哪个重

要？”一连串问题后我等待着心中预设的标准答案出现。

黑暗中她沉吟了一下，我有些后悔自己的直白。“我没想过那么远的事，其实我每获得一份奖状、一本书、一句肯定和鼓励对我来说都算是财富，这些对我来讲比真实的钱重要。”她的手指了指对面墙，我把手机的光打在墙上，即将挂满半面墙的奖状映入眼帘，我站起身认真地看着她的财富，其中很多像“最佳阅读进步奖”“最佳手工奖”这类在我看来微不足道的奖项吸引了我，我一下陷入了思考。原来她的“财富”是来自自己学习过程的成长而非别人眼中最终的目的地——名次。这对于正在经历考试一直为追求名次而焦虑的我来说，满墙的奖状开始瓦解我近期的烦躁不安。

手机的光柱在墙上驻足了很久。我们的话题也从闲聊变成了聊这些奖状，每看到奖状名称有些“特别”的我都会让她讲讲其中的故事，那晚手机的光束就像魔法棒一样不停在墙上穿梭，贫富之间的边界在此刻被黑暗抹去，她变得滔滔不绝，而我成了她的灯光师……一直被物质包围的我看到了不一样的“财富”，黑暗中我感受到精神上富有的光芒和力量。

正在我听得入神时，灯突然亮了，她和周围的环境又跃入我的眼帘，她没什么变化还继续讲着，并没有出现之前我所担心的她被留在黑暗中怎么办，而我在经历了一次20分钟的停电有了些变化，在这黑暗和灯光的交替中，我不知道自己更习惯和适应哪一个。

离开了小夏家， 夜色中，我思考着，终于明白自己焦虑的原因明白不断超越自己的成长远比别人的目光评价更重要，我会记得那个“最佳阅读进步奖”的。

有时候生活很奇妙，当我敲开小夏家的门时何尝不是人生给我打开了一扇门，而当时的我却浑然不知。

我发觉当我想通过支教试图点亮他们心中的希望之灯时，满墙非主流的奖状也治愈了我心中的焦虑，治愈与被治愈双方没有强弱之分也没有高下之别，就像一部小说很难说清治愈的是作者还是读者。

回　访

还是老样子，电话那头李校长兴奋地告诉我他未来的设想时，公鸡的打鸣声依然是我们聊天的背景音乐，只是偶尔还夹杂着婴儿的啼哭声和李校长低声哄孩子的声音。

离 2019 年暑期支教已经一年了，本来计划 2020 年暑假再回这个村子看一下，但因为疫情没办法成行，只能在电话里和校长问问村里的变化。虽然只有间隔一年的时间，但这一年发生了很多对我们国家和个人影响非常大的事。

“我们村现在已经脱贫了，村里的条件越变越好，你们原来去的那个小超市不在了，变成了大超市，学校也有不少变化，来了一个新老师，房子重新修了……”李校长高兴地细数着村里的变化，不禁让我想飞过去看看。

中心小学这一年变化很大，虽然位置没变，但把门前的路重新修整，之前坑坑洼洼的路面硬化后方便很多，送孩子上学的老人少了抱怨。至于学校操场，翻修后在之前的空地上竖起了篮球架。除了小学，李校长还把之前接过手的幼儿园重新办了起来，这样村里的孩子就可以从幼儿园直接升入小学，既解决了附近村在学前教育的这块空白，也解决了后续生源问题。

除了学校，我最关心的还是我的学生们，记得我们走的时候孩子们和家长来送我们时的场景，不舍得和不情愿的情绪让我们发车的时间不断延后，直到司机担心赶不上火车才一脚油门斩断了我们的告别。一年了，不知道他们还记得支教的我们吗，我们为他们打开了一扇可以看到外面的门，但随着我们的离开这扇门会不会关上呢？

“你们是第一批来村里支教的，在我们这个偏僻的农村，孩子很喜欢这种扶贫方式。9 月 1 日开学时高年级的几个学生还在问你们什么时候还会来。”听到这里，我内心有些激动。

“这里的教育资源有限，老师的理念也没那么先进，你们带来一些新的教学理念孩子们感受很好，比如用意大利面做道具教学，我们的孩子根本没见过意大利面所以那袋意大利面到现在还留着，还有讲的太空知识和英语，对他们来讲都很陌生很新奇，像你们这些从外面来支教的大学生或者成功人士来这扶贫和给孩子们上课，对孩子有很大激励和影响，通过和你们接触，他们很向往外面的世界，对将来在北京上大学和工作也很期待，当然他们知道想要过这样的生活，唯一的出路就是学习！”没想到我参与的支教对学生们能有这么大影响，有时候，我们只是做了一些微不足道或习以为常的事，却在不知不觉中改变了他人的观念和成长路径，这让我瞬间觉得自己在支教中的付出很有意义。

其实在支教中我一直刻意回避着“贫困”这个词，

出于对他们自尊心的考虑没和学生们讨论过这个话题。但这次张老师在电话里首先打破了这个禁忌："现在村里已经脱贫，大家对贫困这个话题也不怎么回避，高年级学生对贫富差距已经有了认识，开始和他人比较，对自己和别人的不同有些敏感，这也是脱贫之后我们要面对的新的课题，心理问题。"

随着村子脱贫，每个人生活都会或多或少发生变化，但并不是有些要面对的现实问题会随之消失，也可能还会有新的问题产生。2020年，李校长的生活依旧是围绕生源、拨款和找老师这三件事忙碌着，本来有些起色的中心小学却因为一场疫情又止步了。不过他总是能在任何环境中看到机会，"现在学生都在家上网课，在外打工和上学的年轻人也回来了，我想找和村主任商量下，目前疫情要求减少流动，我想能不能把他们先留下来给孩子在网上讲讲课，这样不仅可以让孩子们的学业不受影响，也许还能顺便招几个老师。"

不知道李校长的想法是否实现，由于紧张的高中生活让我没精力关注中心小学的后续情况，但在2021年暑假，我和那个支教中让我印象最深的小夏终于联系上了，很想知道我走后的这两年她过得怎么样，生活中都有什么变化，于是我拨通了她的微信电话。

“你还好吗，还记得我吗？”我有些担心又带着有些期待的心情问她。

电话那头传来和从前一样明快干脆的女孩子声音。

“我很想你，只是我那时没有手机也没有你的联系方式。”她的声音有些起伏。

“我马上就要去镇上上学了，我很开心，我在学跳舞……我还……”她兴奋地想把这两年的变化一股脑都告诉我。

也许我的记忆还停留在那个家访的晚上，但她的生活随着她所在村的脱贫也发生着变化。我打电话的时候小夏正在家写作业，弟弟已经长大，时不时地跑过来抢过电话和我说上几句。小夏还是那么瘦那么爱跳舞，她说爸爸给她报了一个舞蹈班，除了写作业她就和另一个喜欢跳舞的女孩一起在家练习舞蹈，她喜欢邓紫棋的舞蹈，未来想跳得像她一样。

她家的收入模式还和以前一样，家里主要收入来源是靠爸爸在外面开货车运输赚钱给家里寄钱，为了增加家庭收入妈妈已经在村里上班，小夏的家新盖了房，再也不是我之前去的样子，一切都在发生着改变。

电话里她告诉了我一件让我惊喜的事，“你不知道现在学校变得有多好，教室的黑板已经换成了那种电视的样子（其实是多媒体教学），教室重新建了，很漂亮而且不漏水了，我很喜欢现在的学校，都不想去镇上上学了。”中心小学每年都有些令人惊喜的变化，能用上多媒体教学还是让我很意外，不过从她的介绍中可以看出李校长的愿望终于实现了一部分，看来拨款已经下来了，校园在一天天变美，让学生们开始留恋。

在和小夏的通话中，觉得她仿佛长大很多居然能和我交流有关贫穷的事了，甚至她还主动告诉我村里给她家的补助是多少，能感觉出她现在生活得很开心，也很期待去镇上上学。但奶奶接过电话和我沟通时我却感觉到她的一丝担忧，“她是个自尊心很强的孩子，虽然我每月会给她一些零花钱，但在自己家不如同学时还是很敏感，现在她不会觉得自己和别人有什么不同，因为大家都处在同样的环境中条件都差不多，但当她去了镇上，我不知道她会不会敏感自卑。”奶奶的担心，让我想了很多，不知道未来要到镇上上学的小夏还会不会记得墙上那个“最佳阅读进步奖”。也许像张老师说的那样，脱贫之后，当孩子们看到或来到外面的世界时，面对不同差异的冲击心理是否准备好了。

村里的条件在两年中不断改善，但并没有改变之前大部分是留守老人和儿童的现状，这依旧是目前农村普遍的情况。“虽然现在80后，90后的父母开始对教育重视，想通过自己的努力给孩子提供一个好的学习环境，争取让孩子能通过学习这条路从村里走出去，但现在村里很多年轻人对金钱的追求已经胜过其他，像20—40岁的人，宁愿在外面一年挣钱也不愿回家看看孩子，在孩子关键的教育阶段没有陪伴，或是迫于生活压力很少陪伴，这样对孩子的成长很不利。”在李校长看来，现在村里的状况主要是：钱回来了，但孩子们的教育和心理健康成长需要人回来。

未来的乡村振兴需要很多有知识的年轻人回来建设家乡，不知道这个现状会不会在未来得到很大改善，如果可以，那么一直困扰李校长的找老师难就解决了。

在两年的回访中，每次都能感受到村里和学生们生活上有很多新变化，但那些一直没变的东西像观念、教育和留守儿童的陪伴，希望随着脱贫了会逐渐改变，希望明年我回访时能看到更多的村里年轻人，就像李校长说的，什么时候乡村教师不再像现在这么缺乏了，才是真的改变。

我的家族烙印

如果真有投胎一说，
我一定是中过彩票的人。
从更长一辈的老人到父母，
对于一个北京女孩的原始教育，
文明而讲究。
他们从自己的人生，
从曾经看过的影视和书籍，
尤其是远在老家千年不断的习俗传承中，
告诉我从哪里来，又该往何处去。

我妈讨厌巨蟹，可惜，没算好。也可能由不得她，毕竟，她的妈妈同样落在这个寓示夏天开始的星座里。

在一个“射手女”看来，我的星座或许意味着天生敏感的神经元。其实想的多些没什么不好。很多人都说，我奥运年出生，刘翔在一百一十米栏夺冠的好年份，但我倒宁愿记住在那年的12月，印度太平洋发生了9.1级地震，导致浪高50米的海啸，有30万人死于那次灾难。

你看，这个世界并不会按照某种既定的思路单维发展，当你眼热抹着黄油散发着焦香气的面包时，同样也要想到恰恰是那一面最先着地。所以，当整整拖堂了365天一个奇特的奥运年又来临时，17岁的我却对贫困开展思考，就没必要大惊小怪了。

一切都不会无缘无故。从 2020 到 2021 年或者更早，中国的电视台、手机里布满了“扶贫”“乡村振兴”的影像和字眼，连我所在的中学都不时号召大家关注西部的贫困现象。不过，对于贫困的认知，我首先是来源于三个最亲近的人：姥姥、爸爸、妈妈。

一个 80 岁巨蟹座和她追过的剧

截至目前，我和我的姥姥算是“同等学历”人士。

2021 年时她 80 岁了，身为一个 20 世纪 50 年代初的高中毕业生，在那个年代算是很有文化。中国有句老话叫“隔辈亲”，也因为这个缘故，我对这位同星座女士的观察格外仔细。姥姥有一个习惯，爱看电视，按照她的说法，就是“屋里要有声音，不然瘆得慌”。其实，姥姥胆子很大，敢杀活蹦乱跳的鸡鸭，敢剖活鱼、宰甲鱼。至于普通女子害怕的蟑螂、老鼠，那更不在话下。

然而，一个大女人也有她的天敌，就是那些以赚足眼泪为宗旨的苦情戏。

关于看电视，我一直在思考姥姥的几个习惯，并研究她为何会这样。这是一个绝佳的样本，有问必答绝不藏私，更重要的，从不要担心阿尔茨海默病。

我看电视喜欢由着性子，比如最钟爱湖南卫视、浙江卫视那些娱乐节目。可姥姥却是来者不拒，尤其按常话讲故事情节特别苦的电视剧。

清单可以拉得很长。比如，《我的父亲》《我的母亲》《我的父亲母亲》《我的父亲我的兵》《我的丑爹》《我的丑娘》《我的舅舅》《嫂子》《嫂子嫂子》《娘亲》《当家的女人》……从我记事起，我妈对于她母亲这种“自找苦吃”的喜好就不以为然，但柔顺的巨蟹也没那么容易被说服，何况，80 岁了。

我注意到一个有趣现象，这些剧名中大半有“我的”两字。偷懒的起名者其实恰恰考虑过受众老龄化的大趋势——必须好记而且直白。另外，女人看女人戏，大概更容易共情吧。

姥姥爱看情节复杂、曲折的电视剧，越复杂、越离奇越好。稀奇古怪不要紧，是否符合逻辑也是小事一桩，她非常有耐心，同时，有的是时间。

姥姥对剧情的记忆力常让比她小 63 岁的我惊诧。当你跟她说起哪个剧情时，她会脱口而出告诉你当时怎么回事、怎么演的，来龙去脉是什么。这足以证明了她的身体还算健康，思维依然敏捷。

姥姥几乎什么明星都认识，不管是否大牌，也不论男女，只要出境比较多的演员，都知道名字。其实，很多电视剧片尾播放演职员名单的字体、字号非常小，老人的眼神按理不好使，也不知道她是怎么看清楚的，自愧不如。我只是选自己喜欢的演员去记住，那些不喜欢的，不管出境频率多少，一概装作不识。

神啊！说明这老人家完全不仅仅是在看电视剧，她对屏幕里的一举一动一笑一颦一春一秋，了如指掌。她是于思想意识深处对剧情在思索，对明星在认知。难怪她经常教育我“读书要认真”，就拿她看电视剧的精神，要是我八九不离十，相信读书就不会差。

都说戏如人生，人生如戏。当长大些之后，我坚信自己的这位姥姥如此热衷追剧，其实是为了回忆。她并非仅仅因为孩子上了学，在家没事干，索性可以自由支配时间去刷剧。她是经常陷入对时代的思考，对历史的追索与印证，对现实的认知。

这，大概与她家族的环境及本人的经历，有关。

姥姥是新中国成立后的第一代知识女性。20 世纪 50 年代她高考后原本已经被沈阳药学院（如今的沈阳药科大学）录取，只是因为当时的“家庭成分”政审没有通过，最终没能百尺竿头更进一步。

不过在我这个外孙辈看来，她依然保持着那个时代提倡的精神：事业上，坚持原则、勤恳敬业，不断在各自工作领域创造着新纪录；生活中，简朴低调，相敬如宾，小家庭其乐融融；至于为人处世，则坚守着谦和诚恳的原则。所以，姥姥看电视时其实经常可能陷入其中——她很关注剧情中的人的命运及转折。或许，她由此想到自己或者曾经在身边流逝过的人。

我的姥姥出生于 1941 年。若按照宏大叙事，那可真是个“大时代”。以中国农历算法，这是一个闰年，足足 384 天。那一年，从皖南事变到对日宣战，从巴巴罗萨到珍珠港，每一件都足以载入史册。不过，那些都属于书本和考试题。除了姥姥降临这个世界，1941 年对我这个 21 世纪的女生，可能只有两件事产生直接影响。

其一，火鸡。富兰克林·罗斯福在那年确定了 11 月的第四个周四为感恩节。好吧，现在我也有了期盼火鸡大餐的充分理由。

其二，这一年也似乎与艺术家有缘，比如鲍勃·迪伦和安藤忠雄，又或者保罗·西蒙和黄霑，均是那年出生。最后两位，从寂静之声到斯卡布罗集市，从男儿当自强到沧海一声笑，至少影响了我的祖辈父辈两代人。

从她三四岁记事以来，见过无数家庭异变、无数悲欢离合。电视剧里的故事可能经常会让她回想起她的青葱岁月。无论剧中描述的家庭多么贫苦，实际上还比不过她亲身经历及看到的那些。

记忆力好真的就是一种幸福吗？我想了好久却没有答案。我的爸爸经常要向姥姥请教自己孩子小时候去过哪里，见过什么人，甚至哪件衣服是什么年龄穿过的。

结果无一例外——对答如流，绝对不会出错。所以，随着看过的电视剧日积月累，就形成了姥姥对电视剧、演员、剧情的“强认知”。

说句实话，两个巨蟹座之间还是会有很大差异。她爱看的电视剧，我一般不爱看；而我爱看的明星真人秀节目，老人家也不以为然。只是出于长辈的习惯，她忍着自己的好恶态度。在看电视上，我们经常“分道扬镳”。

会有老少皆宜合家欢吗？2021年终于给出了答案：《山海情》。

这是一部讲述20世纪90年代以来，宁夏一个叫西海固的乡镇响应国家扶贫政策的号召，完成易地搬迁，在福建的对口帮扶下，通过辛勤劳动和不懈探索，将飞沙走石的“干沙滩”建设成寸土寸金的“金沙滩”的故事。

我得承认，这个电视剧颠覆了我以往略带傲骄的眼界和审美取向。而对那一位而言，则是又一部值得一追同时随时发表评论的热播片。唯一的不同，这一次，终于和她的小外孙女达成“统一战线”了。

首先，之前姥姥爱看的那些苦哈哈的电视剧多半描述七八十年代的穷村破户，或者是城市社会底层，但不管怎么演，都有饭吃、有水喝。比如《当家的女人》之类，家里穷，人口多，年轻守寡，孩子闹事，做生意赔钱，种地闹灾，好不容易舒服点，老人又得了绝症。全程都在苦，全程都在哭。虽然唠叨看着闹心，但老人一集也没错过。

可是，小巫终究会遇见大巫。其实《山海情》并没有好多电视剧那般把主角的人生写成黄连，不是车祸就是生病，据说，很红火一阵的琼瑶就是这个路数。这剧，只是写了一天三顿吃洋芋觉得吃饱了的村民；共享一条裤子的亲兄弟；被村民偷抓吃得只剩一只“扶贫鸡”；一头驴子换一个女子……

这么贫困的地方的确吓倒了小女子。原以为这么苦的地方位置肯定很偏，开车几天几夜也到不了。可是网上一查，闽宁镇居然是宁夏回族自治区银川市永宁县下辖的一个乡镇级行政单位。也就是说，闽宁镇居然是在省会城市下面。如果有汽车，有高速路，到那里并非难事。但是，当初，在这里，只是没有边际的黄土地，漫天黄沙的戈壁滩。

感谢万能的互联网，它告诉我在 1972 年——那时我爸妈刚出生,那里就被联合国粮食开发署判定属于“最不宜人类生存的地方”。

电视剧里有个情节：水花的爸爸是个懒人，他想过好日子又不愿吃苦，索性就把自家亲闺女拿去换彩礼。结果换了一头驴、两只鸡，还有羊，最重要的是：水窖。

女儿想过抗争，跟着村子里的孩子跑了，但是最后她还是回来了。后来，正是这个坚强的妇女拖着板车，拉着婚前未见过一面此时又已瘫痪的丈夫和年幼的孩子走在风沙里，七天七夜，四百公里。

看多了那些影视剧里的狗血情节，听惯了父母耳提面命“那不是真的”，但这一次，有一些迟疑，只能去问那位记忆力上佳的人士。

万万没想到，蘑菇，竟然是蘑菇，令隔代追剧人长时间的情绪压抑得到释放。

一同追剧的姥姥曾对我说，不要怪《山海情》里的人物们，他们不是不想努力，而是不知道怎么努力；他们不是不想脱贫，而是不知道怎么做。

女主人公水花的爸爸让人见识到了涌泉村的贫穷与落后，见识到了一头驴一口水窖就牺牲了一个女孩子的幸福，但他同时也让人看到扶贫不是助长懒人思想，而是想办法让他们拥有造血功能。这样的悲剧才能避免重演。

我破天荒为一部电视剧专门上一次社交平台。在网络世界，很多观众追剧时自称已成为金滩村的“精神村民”，“每天又哭又笑，为村里的水、电、树、蘑菇操碎心”。当电视剧播到凌一农教授教村民种蘑菇时，令网民十分“揪心”。有网友留言：“这剧有毒，俺做梦都在种蘑菇”“今天的蘑菇让我担忧，精神股东了”“看到双孢菇种成功，我更开心，仿佛是我种出来的”。

我想，如果我还在上生物课，估计成绩会相当出色。

赣江边伢仔的致青春

如果说，能让一个 17 岁的女生去和自己的姥姥平等地讨论贫困问题，源于一部偶然的热播剧。那么，对于教育的理解，则涓涓细流绵延流长的多。而施加这种影响的，只能是他，我的父亲。

从初中迈向高中，很多人理解为少男少女走向青春，由此也让人想到前几年的一部电影《致青春》。我的父亲闲暇时给我讲述过他过往的故事，关于一个赣江边上、古老书院成长的“伢仔”的青春故事，一个不止于《致青春》的故事。

如今的孩子都爱看电影，父亲少年时代亦是如此。这与姥姥不一样，她的最爱只能是电视剧。

都说上有所好下必甚焉，我爷爷在老家的电影公司工作多年，父亲从小生活便在电影院里，一直到 17 岁考上大学离开家乡。这一点应该与陈可辛挺像，所以他没去考北电或中戏，多少有些遗憾。

父亲看过的电影无数，而“无数”的定义，就是基本上所有在电影院里能公开放映的电影“有看过无漏过”，多到让他对个中情节都大多淡忘——这点上这个男人远不及我姥姥。

不同时代都有影响中学生的经典故事。

《致青春》其实是王菲一首歌曲的名字，同名电影的全称则叫《致我们终将逝去的青春》。这是 2013 年的电影，其实反映的是大学生生活，也容易引发那个群体的共鸣，对如今的中学生却影响甚微。

我的父亲是“70 初”。七八十年代对学生影响深刻的自然是革命电影，其中也有适合中学生的。而对我父亲影响巨大的非《闪闪的红星》莫属，该片拍摄于1974年，但在他的成长过程中，看过几十遍。

后来，还有一部《红衣少女》，也是他青春年少时印象最深刻的电影之一。那是1984年，他12岁了。虽还懵懂，但看到名叫安然的少女主人公这样一个充满活力、学习成绩又好的形象，犹如看到了他自己的榜样。

当然，也可能，大眼睛的漂亮小主演具有某种天然的杀伤力。父亲不会承认，但我会猜。

其实对我父亲来讲，电影有时就是他生活的一部分，就像吉安的那条小街那条河。

比如《闪闪的红星》对父亲的影响就很大。这部片子是当年10月上映的，五分钱一张票，两个月里卖出至少80万张。我换算了一下，按2021年平均40元的电影票价，相当于六亿到七亿的票房，这还没算我妈常说的什么平均购买力或通货膨胀因素。不过，这不重要，关键在于，这部“大片”是在父亲的老家江西省吉安县取的景。

电影里有一个经典情节，看到老板的仓库明明有米，老板却坚决否认，于是，潘冬子将粮店“今日无米”的牌子翻转过来，改成了“今日有米”。结果，可想而知。

《闪闪的红星》拍摄“今日有米”的小街今天还在，电影结尾曲，那首后来大红大紫的《小小竹排江中游》里男主人公坐在竹排上的那条河，也在，就在“今日有米”的小街隔壁。

2013 年之后，父亲几次回老家时，都要去这条街和这条名为“富水河”的小河边转转。那里，是他的青春他的回忆。

父亲说，小时经常脑海里映入电影里小主人公的形象：机智勇敢、大胆果断，于是心里便幻想自己也要成为一个不畏艰险、纯洁质朴、永远充满热情的潘冬子，尤其那种昂扬向上、不屈不挠的性格让父亲一度佩服得五体投地。

同为赣江边上成长的伢仔，刚强的潘冬子就是我父亲青春年少时的“第一英雄”。

不过，后来父亲也发现了，李双江虽然凭借《小小竹排江中游》一战成名，但他的发音过于字正腔圆，一听就是北方口音，不像电影拍摄地、我父亲江西老家当地的发音，由此导致很多人至今不知道这个电影在江西吉安拍的，连吉安当地人也不是很爱唱这首歌。

红星闪耀的年代距我已经很遥远，不过影响力却不能低估，至少让我知晓，自己是“不为米折腰”的后辈人。

“今日无米”的米店，在我 12 岁时曾经去过一次，顺便，也去看了那条“潘冬子”撑着竹排放歌的富水河。

河不长，只有一百公里的流程，却像一根红丝线，串起的都是两岸一颗颗璀璨的明珠。

从江西赣州下属兴国县境内的源头起，溯流而下首先是被陈毅元帅誉为“东井冈”的东固畲族乡，然后纳百川之水，曲折蜿蜒地从深山里盘旋而出，又因为流经富田而得名。

富水河附近的天然景点很多，经新圩镇，到享誉海内外的千年古村渼陂，再到吉安、吉水、泰和三县通衢的商业集市值夏镇，而与吉水的孤河合流，在古渡口的张家渡汇入赣江。

富水河流经的地方不少都赫赫有名。比如江西吉安县的富田镇，就是著名的1930年红军“富田事变”所在地。而且，富水河畔还出过两个中国古代著名人物——文天祥和胡铨。无论是语文课还是历史课，文天祥这位宋理宗时代的状元都不会遗漏。

文天祥多有忠愤慷慨之文，其诗风至德祐年间后一变，气势豪放。他在《过零丁洋》中所作的“人生自古谁无死，留取丹心照汗青”更是所有人倒背如流。迄今，江西吉安县还有个文天祥纪念馆，是当地最重要的古代纪念馆之一。

胡铨也是爱国名臣，因抗击南宋的死敌之一的金国而闻名。父亲告诉我，2000年，江西省新闻媒体选评该省千年之中最杰出的十位历史名人，胡铨被评为“脖子最硬的人”。

所以，我父亲的家乡江西吉安的乡人都说富水河是岩浆水，喝了会使人的骨头变硬。凡是喝富水河水长大的人，都有这种硬骨头气质：不向权贵低头，不为五斗米折腰。

进士之乡有后人

我父亲的家乡江西吉安正是这样一个地方。文天祥和胡铨仅仅是富水河边的代表人物，整个吉安就远不止于此了。

从唐宋到明清，江西吉安共计考取了 2823 位进士，排名全国第一。另外，还考取了 18 位状元，排名全国第二，仅次于苏州。同时，考取了 16 位榜眼和 14 位探花。因此，人们称赞吉安为“三千进士冠华夏，文章节义堆花香”。

在明朝时期，吉安的科举考试更是硕果累累，近 300 年间，一共考取了 993 名进士。特别是在 1400 年和 1404 年，状元、榜眼和探花，都被吉安人收入囊中，创造了中国科举考试历史上绝无仅有的奇迹。

我的父亲至今清晰记得每天沿着一条赣江边上的小路、路过很多高大的法国梧桐树去上学，在一种恬静中，他度过了 6 年的中学生涯。而在上学的路上，是一定要经过一个书院的，叫白鹭洲书院。

这个书院创建于1241年，比我姥姥恰好早上700岁，是南宋著名诗人江万里做当地知军时所创建。白鹭洲书院坐落于赣江江心的白鹭洲之头，因古代有白鹭而为名，风景极为优美。

白鹭洲书院里有很多历史名人的诗句，大多数不记得了。后来有一年我回老家才知道，唐代李白的一句诗其实也是描写这个白鹭洲的，曰：“三山半落青天外，二水中分白鹭洲。”

我父亲的青春，就是相伴这样一个有着 700 多年历史的古老书院而度过。每一天清晨，在他家的阳台上，能看到书院的东边红日初升；每一天路上，沿着江边小路，能听到书院里一群中学生的琅琅书声。或许，“读书重教”的心理就此埋下，进而又遗传给了未来的我。

读书改变命运，这是真的。

我的父亲，正是依靠学习，才从地方上的一介寒门学子考到北京名牌大学，最后留在京城工作。

他曾经对我说：“你爷爷通过自身努力，从农村考到了小城市；你爸爸通过自身努力，从小城市考到了北京；希望你通过自身努力，从北京考到世界最好的地方。”

所以，父亲一再提醒我的，是重视“尊教重礼”的中国传统文化，即要用知识改变贫困，知识改变命运。

所以，我父亲最重视的就是教育扶贫。他认为，不仅仅是不要让一个学生因家庭经济困难而失学，而是要让教育扶贫托起美好的未来，要让教育扶贫托起乡村振兴，教育业才是最根本的精准扶贫。

但是，父亲又认为，教育扶贫也仅仅是一种手段，而不是目的。教育扶贫首先是要改变学生甘于贫穷的思想，给学生树立起辛勤劳动、艰苦奋斗光荣且能脱贫；好逸恶劳、懒惰散漫、等靠要可耻的准确人生观价值观，否则的话，等他长大后，还会造成另一个乃至另一家的贫穷悲剧。

所以，我父亲希望我能够兼收并蓄：一个古代书院文化和一个现代中学开放氛围的交融。

如今，游客如果去我父亲的家乡游玩的话，就可发现白鹭洲书院正中间书写“正谊明道”这四个字。虽然这曾是南宋朱熹理学的核心理念，但对我这样一个还刚谙世事的少年学生来说，也是一个明镜。

聊完我的父亲，可以写下我的祖辈，否则，有违“孝道”。

回到老家吉安，让我印象深刻的就是老辈的家风和祠堂前的许愿了。

“唯有门前镜湖水，春风不改旧时波。”引用这句诗，并非为了抒发时下乡愁思绪，而是在我祖父那巧篆垂簪的故乡，只要春节阳光普照，立刻就会有“江南可采莲，莲叶何田田”等描述的田园感觉。

就我本人而言，能追溯最远的也就是曾祖父母了，而且感觉有些久远。我的祖父说，在我大伯出世后不久，曾祖父就因病去世，但从小我家墙壁上挂着一张相片，与我祖父相貌极其相似的曾祖父穿着西服、打着领带。那可是 20 世纪之初一百年前的事。

父亲说，这是那个时代他见过村里唯一有这样穿着的照片。据说，20 世纪 30 年代我的曾祖父跟着亲戚做伙计，往来广东、江西做生意。穿“洋装”的照片就是那时留下的。

我的曾祖父这段经历对我祖父这一代应该有深远影响，最起码祖父家在新中国成立前就有了几亩薄地，无需租地成佃户；最起码我父亲的兄弟姐妹都会被鼓励好好读书。

我的祖父出身于这样的乡村、成长于这样的家庭天地。可能正是优于其他家庭的学风。及至 20 世纪 50 年代，临近初中毕业的祖父经过选拔被当地市委宣传部相中，从一个农村娃一举成为国家机关干部。

虽然历经“文革”等各种复杂因素，祖父并未在仕途上走多远，后来还因为电影公司收入高而在 20 世纪 70 年代主动离开政府机关，但这种经历已经让不少农村同龄人羡慕，也使得祖父对教育的重视程度，无以伦比。

我的父亲曾说，在 20 世纪 80 年代，他从小到大听到的都是“欲高门第须为善，要好儿孙必读书”。尽管应试教育现在被广为诟病，但在那个年代，应试教育的结果是我祖父企盼并力推的，因为他坚信，“知识就是力量”，尤其是“知识改变贫困”。

家乡非常重视祖上和长辈。这也源自对传统的尊重。因此，老家的很多古老之物在我心中的印象极其深刻。比如，祠堂。

每年春节回老家的一件大事就是在祠堂里祭祖，每当家里来了多年不回的重要客人，也一定要去趟祠堂。前几年返乡时，我还特意在祠堂前留了影，企盼自己能考上个好的大学。

印象中，老家有个地方写着一副对联，“人至上圣贤书可耕可读，德为绳祖宗恩当报当酬”。在吉安老家，迄今都完整保存着这个“敬祖尊老”的家族传统。

即便到了 21 世纪 20 年代，老人家每年绝对不会忘记的几件事，除了春节时回乡去祠堂祭祖外，还有每年上半年清明节、下半年重阳节时的“烧纸”。

对于我们这些没时间回老家的人来说，有时只能使用另类表达。比如念上两句，“江南之风盛于学”“一身能勤能敬，虽愚人亦有贤智风味”。意思是，通过努力学习显祖扬宗，也是对祖先的一种尊重。

国贸的纹理

地理，并不只是经线和纬线，

就像人生也不只有喜悦和悲伤。

在北京CBD的周边，

在母亲、邻居以及我信任的人嘴里，

我看到了一个社会因不同的差异勾勒出的迥异场景，

也听到了过往难以想象的另一种命运的捉弄或者安排。

据说曾有一款热门游戏叫“Second Life”，

那么，这些Life的背后，

究竟蕴藏着怎么样的秘密呢？

自打出生起，我便生活在北京，短短十多年的时间，我就像走进一个时光机，街名地名春来秋往不动声色，但街景却早已面目全非。马路以及四周随处可见的高楼肆意勾结最终汇成了水泥森林。自行车越来越少，而有模有样的豪车越来越多，排气管也越发张扬，有点像班上男生发育期的喉结。一段路走着走着，刚才还是国际大都市的气派炫目，转眼又成皇城根脚下历经百年风雨的青砖肃然宝相。

我的父亲喜欢姜文，自然也钟意他拍摄的《阳光灿烂的日子》。很多年后，我记住了这部电影的开场白——北京，变得这么快：20 年的工夫它已经成为一个现代化的城市，我几乎从中找不到任何记忆里的东西。

“阳光”灿烂了九年后，我来到这个世界，才和北京有了“密接”。上一代人那种所谓的革命浪漫主义，显然不是00后的菜。我更乐意睁大眼睛随时观察这座美妙、多元也格外奇特的城市，更不会因为阳光充足太亮而眼前一阵阵发黑。

北京的人真的越来越多。除了四九城里飘荡的那些京片子，和一听就是洋人歪歪扭扭的刻意卷舌，其实还有更多来自“北漂人”的乡音。而每逢周六周日太阳刚要落山之际，便是我这一周最开心的时光。那时小区楼下的长亭宛然一个故事会，已经定居的“新北京人”延续了老家的烟火气。邻居姐姐说这在他们那叫“唠嗑”，而另一个阿姨则称之为“摆天”。

无论是从课外书籍还是家人口中，我当然知晓自己生活在一个方方正正、经纬分明的城市。这大概也是中国历朝帝都心照不宣的高度一致。但我，一个女中学生，仍想给大家描述下我眼中的“北京特殊地理”，那就是北京的城中村。

CBD边上的“褶皱”

感谢电视里那些清宫戏、民国戏吧，至少，它们让全中国人都知道老北京有着“四九城”的说法。始作俑者当然是明成祖朱棣，从明代开始北京就是“里九外七皇城四”的构造。这样的格局下，北京人也被化为三六九等，民间也一直流传着“东富西贵南贫北贱”的说法。

自1949年后，北京再次成为首都。而到成为外人眼中寸土寸金的地方，则是半个世纪后的事了。

在北京，城市肌理如何扩张迭新都不会埋没那些有“村”“庄”的地名，比如“一亩园”“二里沟”“三里屯”“四道口”“五路居”“六里屯”“八里庄”“十里堡”“十八里店”不一而足。千万别以为这些地方现在仍是一片现代农牧文明，看看鳞次栉比的街边房产中介门店，还有五六位数每平米的单价，就能明白有时地名的传承会变成一种黑色幽默。这些历史悠久的名字，只是以距北京老城门的里程而得，比如“二里沟”，就真的离西直门二里左右；更著名的三里屯也是因为这里距离老北京城内城东直门恰好三里路；同理类推，六里屯自然是由于距离内城朝阳门六里路。

由于历史的变迁，现在北京那些个带“里”“屯”“沟”的地名都已成为一个街道，是正处级单位，在外地就相当于一个县，比村庄可威猛多了。

而且，大部分的“里”“屯”“沟”绝对“名不副实”。

最具典型者，就是我所读初中——北京市八十中附近的三里屯。从学校沿着一条不宽的马路径直向西 200 米右转，一直向北再走上几百米，就到了。

按照百度百科的解释，“屯”引申为聚集、驻守，用作名词时又有屯子、村庄的意思。但如今这里的三里屯是北京市最繁华的商业区之一、北京的时尚潮流生活地标。

据当地居民说，20 世纪 60 年代的时候，家门前还是很窄的石子路，即便使馆区附近还都是菜地。三里屯真正崛起，是在改革开放后。

自三里屯往城外走就是六里屯，棕榈泉等很多高档小区就扎在这里。有名的北京市妇幼保健医院也在此地，而原址是一片菜地。

六里屯这个地名，始见于明朝万历二十一年（1593 年）。网上有文章称，曾有附近的居民回忆，20 世纪五六十年代，六里屯附近也还到处是庄稼地和菜地，其北部窑坑较多。而南部的道家坟、东南部的八王坟，一听名字就知道是给先人待的地方。

说白了，如今北京最发达的商业区之一——CBD，不少地方以前叫八王坟。我爸妈说他们以前坐公交车的时候这个地方还有个站，站名就叫“八王坟”。说来，也就是如今的大望路，地铁一号线往东只有一站路。

历史上，六里屯曾以烧制“细停”砖闻名，这可能是此地窑坑多的原因。昔日的北京煤气用具厂，如今已改建成了朝阳规划展览馆。

再往东，就是十里堡，那已快到我家。这里的“堡”字与“铺”同音，很多外地人念成与碉堡的“堡”同音。这就像前门的大栅栏（da shi la）是区分是否为老北京的标准考题，百试不爽。

其实，十里堡的“堡”字原本就应该是“铺”。所谓铺，就是元、明、清时期的驿站，是传递紧急文书的机构，亦名“急递铺”。每10里15里或25里设一铺，每铺设有铺丁。铺丁昼夜行400里，骑马奔驰，辗转传递军政纪要文书。

清末光绪年间的1896年，大清朝才第一次设立了邮政局，铺才被废弃。此后，铺多沿用于集镇或地名，因和驿站相辅而行，故以铺（堡）命名的村落，多沿古驿站而成线。所以，凡是带“铺”字的地名，在近代以前多为交通要道。

我家附近的十里堡据说与明朝的粮道有关。明代改造皇城东墙，并南拓都城城墙，通惠河上行走的运粮船从此不再进城，而以东便门外大通桥作为终点站。除了水路之外还有一条重要的陆路送粮通道，这便是朝阳门到通州的大道。明朝中后期通惠河逐渐淤塞，由京城朝阳门到通州的这条陆路便成了运粮的重要通道。

清雍正七年（1729 年），为方便通州到京师运粮及行走之需要，雍正皇帝下令开始修筑朝阳门外石路。这条路的沿线，也出现了服务运粮人员或官差休整的驿站，其中就包括十里堡，后来路两侧的荒郊开始逐渐形成八里庄、大黄庄等一些散落的村庄。

即便现在，十里堡门前的朝阳路也是北京的交通要道，在京通快速路修好之前，朝阳路是通州前往北京朝阳门最主要的通道。

我就生活在上面提到的地方：从四惠出发，坐着 1 号线地铁，一站路到 CBD；两站路到国贸；三站路到永安里；四站路到建国门；五站路到东单；六站路到王府井；七站路到天安门；九站路到西单。

从所念的初中走路出发能到三里屯；从所念的高中

走路能到东单、王府井。

在我们家附近要是有个船，沿着通惠河，能到通州（以前叫通县）；沿着大运河，还能下江南。但在北京，上述提到的地铁有，这船却没有。

毫无疑问，我家及我念的学校附近虽然不算老北京的地界，但肯定属于繁华商业中心。不过，它背后的那一隅之地，却有着形态各异的各种“村”。

有一个村子最是特别：这里没有贫贱之分，更没地域歧视，这里见证着几代北漂奋斗者与历史的变迁，当然不是李子柒人工营造的归田园居，也不是《百年孤独》里马孔多那种神秘聚落。位于北京 CBD 中心地标建筑——巧克力幕墙包裹的国贸大厦后面，叫做化石营村。

化石营村无化石，原名叫“化尸营”，后来嫌过于不吉利而改了名。这是北京 CBD 地区最后一个城中村，离国贸一公里，东边紧挨着的，是 1990 年正式启用的 52 层京广中心。对了，关于北京 CBD，我还听到过一种解读，那就是 Chinese Beijing DaBeiYao——中国北京大北窑，好好的国际范，瞬间幻化成提笼架鸟出城踏青北京的爷。

真的有种“灯下黑”的感觉，一公里之外太过繁华。作为京城首屈一指的黄金商业地带，国贸大厦及周边高档写字楼、五星级酒店云集，让外人绝不会去注意化石营村，甚至很多人还会选择性失忆，但化石营村在一帮打工人看来，着实是繁华商业区的“世外桃源”。

听爸爸说，这里曾经在很长一段时间内一直保留着原来的样子，而随着周边摩天大楼林立，整个村子也就此“隐身”到了 CBD 商务区中。

主要还是因为 CBD 发展太快，让当时的化石营村一下显得沦落为富贵人家的穷亲戚，只能沿着高墙半蹲在地才不至于被“吹跑”。在北京还未进行旧房翻新的时候，化石营村就像一个“活化石”一样屹立在 CBD 的影子中，即使其与万通中心只有一条大街之隔。

化石营村是送外卖人的聚集地。而他们的工作半径大多也就在国贸周边。只从通勤时间考虑，其实我觉得那至少比北京大多数上班族要幸运得多。

有相关资料显示，早先的化石营棚户区共计850户，东至规划金桐东路北段，南至“世纪城市公司”已取得土地边界及朝外大街，西至金桐西路北段、北京武警总队用地；北至朝阳北路。作为一个紧临国贸商务区的区域，在化石营村租房极其便宜，加上距离市中心很近，这里就成了外卖小哥的聚集地，当然还有其他复杂的人群结构也都蜗居在此。

“化石营村当时都是以平房为主，冬天没有暖气，夏天没有空调，房子就各式各样。街道由于窄小经常过于拥堵，在这里住的人都使用公共厕所，到了下雨天厕所还会堵，甚至有蛆爬出。”这样的画面描述都记录了当时化石营村的破败景象。

很多往上数三代都是北京人的老北京，如今都已经上了年纪，虽然早厌倦了这个脏乱的地方，但一旦想到如果分房到通州，以后去个医院都不方便，因此他们仍不得不继续在这里窝着。

不过这样的光景并未持续太长时间。随着北京2020年开始全面进行棚户区改造和环境整治，占地面积 4.28 公顷的化石营村被列入了整改范围，窝在国贸背后的这个小村子终于要焕然一新了，那些舍不得搬离这里的老人也终于得离开他们口中“寸土寸金”的地方。

让我们再往外踱两步。从国贸附近化石营村往外，外地人聚集的地方，六里屯肯定算一个。此地离国贸大概三公里，不过不仅北漂租房聚集，还有大量“农村户口”的北京人。

六里屯村属于城市型城中村，而“城中村”也可称为农村在城市中的“飞地”。它的成因，主要是由于在城市开发建设过程中，一干征地开发单位大多不愿征那些铁道两旁、高压线下不准盖楼的或农转非居民多、拆迁量大的地块，最终致使许多新设立的街道办事处之间甚至一个街道办事处辖界内，留有一些仍由原乡政府管辖的、集体所有的农村“飞地”。

这些地区杂处在街区里，是名副其实的“城中村”。如朝阳区六里屯街道办事处的辖区内就有分属东风乡、高碑店地区办事处的三个“城中村”。这一类型的“城中村”主要分布在三环路和四环路之间。北京的三环路如今可不偏，尤其东三环，是非常繁华的地段，却有很多人没想到，这样的地段里竟然有“农村居民”。

六里屯街道就有个叫六里屯村的地方，却不属于六里屯街道管，而是归东风乡。这也是东风乡唯一伸入四环里的一块土地。

曾有文章报道，直到2004年，六里屯村全村720人中，178人是农民，大部分是不肯“农转非”。

大部分北京的城中村的设施比较陈旧，治安相对混乱，但是，六里屯村由于基本处在北京繁华商业地带的周边，所以可不是脏乱差的样子。

而且，这种城中村的房东与租客也都有着一夜暴富梦想，只不过，两者的致富梦想又有不同。

在这种城中村里面居住的人员有一部分是当地的村民，多数没啥学历，工作不是很好，平常多靠租金生活，但一旦拆迁肯定就能鸡犬升天。一般而言，拆迁一户人家，后者至少可获得几百万甚至几千万的补偿款。所以，北京的城中村就是一只“潜力股”。任何一个城中村的户籍居民都不会想把户口迁离。

很有意思，我的一个同学就曾问过我一个问题：城中村拆迁补偿是按“城”补还是按“村”补？

她说，有一些城郊地区农民的土地由于被征用，农民原有居住村落逐渐演变成了居民区，从而成为都市里的村庄，即所谓的“城中村”。那么城中村遇上拆迁是按国有标准补偿呢，还是按集体标准补偿呢？

这个问题，我目前无法回答。

德云社的岳云鹏是靠一首“五环之歌”一夜成名的。据我妈说，纳斯达克上市、最高市值高达2664亿美元的拼多多，做的就是五环外的生意。

从北京东三环和东四环之间的六里屯村再往外，城中村越来越多了。康家沟就格外显眼，这里离国贸大概五公里。

这个村位于地铁1号线四惠东站北侧。村西侧对着马路有一个圆形的铁架拱门，上写“康家沟村欢迎您”，门口还设有一个值班岗亭。

这是一个距离市中心最近的城中村，周边的交通十分发达，而且房屋建筑多为四五层，比前面说的六里屯的条件好多了。

康家沟原来是农村，居民盖的也是平房。只因为盖房出租更容易赚钱，所以村民们不约而同扩建了原有宅基地，用于出租。

据称，全村 127 个院落，流动人口达到 4800 人。他们大多在“握手楼”里。握手楼的意思，就是两栋对立的楼房，只要双方都打开窗户就可以握手了，中间只留一条几十厘米宽的空隙。

因为靠近地铁四惠东站，康家沟往往是北漂一族追梦的第一步。在这里，他们可以很方便地出行去找工作。很多在北京 CBD 打工的外地人口都会选择在康家沟租房子。

与其他城中村一样，出租的房间及客厅大部分打成小小隔断。每套两室一厅的房间里，大约可住下十来口人。这些人来自五湖四海，操着不同的方言融合在一起。

但是，有些北漂并不是真正的贫困一族。只是因为年轻，没有太多钱，但他们未来的潜力很大，将来在北京买房还是有可能的。另外只要努力在北京打拼十几年，回家乡买房更不是太大的问题。

北漂，无数蚀骨般的心跳

2018年之前，北京是中国房价最贵的地方，二环以内动辄10万元以上。所以，北京人也被认为是最有钱的中国人群之一。

网上有很多段子在调侃北京人。其中一个说，一个北京人有30套房子，全部租出去，自己却在租房子住。一个月30天，此人没有一天休息，每天从早到晚都在收房租，而所收到的房租每天又都存起来，结果永远都花不完。他总是不停抱怨没有休息的时间，朋友问为什么不一起收，他说：妈妈说人不能闲着，一闲就废。

还有一个，也说到了北京房价：

你要是年薪在 500 万 以上，二环内爱买哪儿买哪儿；

你要是年薪在 100—500 万之间，三环至四环内爱买哪儿买哪儿；

你要是年薪在 50—100W 之间，五环至六环内爱买哪儿买哪儿；

你要是年薪在 10W 以下，就给自己挖个坑，爱埋哪儿埋哪儿。

从这两个段子，你就知道北京人有多幸福——但凡家里有套房，大致都不会穷——不管他或者她从事什么工作，也无论他或者她一个月赚几万还是几千，只要有房子，至少几百万的家底。

当然，有关“北漂”的段子也不少。有个网友写道，大多数人北漂的结果都是：增长了知识；开拓了眼界；看破了红尘；以及，没赚到钱。

都说北京的代言人是葛优，而葛大爷的绝活就是段子。然而，也正是在这些段子中你能听出“三六九等”或者“贫富贵贱”，这才是笑声背后的真实世界，是“他们”与“我们”的冰冷分割线。

其实小时候我并不懂什么叫作“北漂”。父亲通过上学考到北京，毕业后直接分配到层次较高的国有单位，然后下海再去民营企业，北漂大军那些核心标配他并不具备。

所以，我对北漂人群的认识，就如你对于“贫困”二字一样，首先来自电影、电视剧。

印象最深的大概有五部。

一、《北京女子图鉴》这是公认比较出名的北漂题材电视剧。虽然因播出时我年龄尚小无缘得见，但后来据一路追剧的家人声称“火出五环外”。

故事描写的是以北漂女孩陈可为代表的一批独身女性，在京十年里经历的真实恋爱与生活。女主角陈可离开老家去北漂，本想着能够在这座大城市里出人头地，但是没钱没人脉的她，白天只能在公司的底层挣扎，而晚间则住在阴冷的地下室里。很多网友看了电视剧后都纷纷表示：内容太过真实，容易引起不适。

二、《奋斗》该剧讲述 80 后，尤其是北京 80 后的青春情感和奋斗历程的故事，不仅将年轻人的愤世嫉俗、叛逆迷茫、情感混沌融入进去，还描写了六个刚毕业大学生的情感生活和事业奋斗。

与《北京女子图鉴》看完让“北漂”们想回老家相反，《奋斗》却是让无数青年人毅然选择北漂的电视作品。除了外形与演技同时 在线的演员很容易打动观众之外，它还表现了当代人在面对生活、爱情及事业积极向上，坚持自我，顽强不屈的态度。

《奋斗》里的对白确实能很容易引发观众的深思和共鸣。比如主人公之一陆涛说：“生命原来是这么的脆弱，死亡和我们如此的接近，我要好好想想，什么是生命中最重要的，如何度过我的一生，我要成为什么样的一个人……”这些，也正是即将踏入社会的北漂们必须考虑的问题。

三、《北京爱情故事》这部电视剧高度还原了“北漂”年轻人在面对情感、物质的诱惑和现实妥协中所做出的选择，当然它仍然是一个很主旋律的关于追求梦想的故事。

如今已成为中生代男演员代表人物的张译演的石小猛，男主人公有理想但又爱面子、有担当又过于现实，有追求却不时寄托在所谓单位的身上，这是一种典型“北漂心态”。

其实，更出名的是汪峰演唱的该剧主题曲《北京北京》，唱出了很多北漂人的心声。

四、《蜗居》演的不是北京的“北漂”，而是上海版的“北漂”，但剧中的人物本质上并没有太多差异。里面有个细节很有代表性，女主人公海藻刚来江州时蜗居在地下室的，并不适应，一心想要返回老家。姐姐海萍劝她：“你家有大型博物馆吗？你家有世纪明珠塔吗？你家有伊势丹吗？什么都没有，有什么好想的呢？”

嗯，这大概就是一种现实的刺激与动力。

五、《我的青春谁做主》很多人说这个电视剧其实就是《奋斗》的续集，而其中王珞丹饰演的“钱小样”，就是一名典型的北漂，她的姥姥和表姐本都在北京，所以一直对首都有着无限向往的而且希望能够留在这里。

该剧的台词中也有不少经典的。

比如，钱小样说：谁都有个性，谁也不是生下来就适应社会，环境像是一条河，咱都是河里的石头，一开始各有各形状，头上长角、身上生刺，天长日久被喝水冲刷，角啊，刺啊的就都磨成圆的了。

李霹雳：幸福就是猫爱吃鱼，狗爱吃肉，奥特曼爱打小怪兽。

姥姥：现在社会给人灌输的成功观念太单一，你们年轻人追求的无外乎是赚钱、成名，给自己贴上成功标签，千篇一律、千人一面，这是典型的唯结果论。其实不是所有得到结果的都成功，也不是没结果的就失败，我一辈子的体验，是成功藏在过程里，将来回头看，乐趣不在最后撞线那一下，结果是买东西的赠品，好了算赚的，不好也没什么！

真有点像心灵鸡汤，但贵在确能撩动观众的情绪。

说实话，看完这些经典的电视剧，最深的印象和困惑就是“北漂”们似乎一点都不穷，除了买不起房之外。

首先，电视剧里描述的大部分“北漂”都是大学毕业生，有的甚至是研究生或者国外留学归来。像《我的青春谁做主》里的小妹李霹雳无法接受父母离婚的现实，还想方设法阻挠父亲的新生活，甚至放弃英国的学业回国当起了西餐厨师。父母能送她留学，足以说明她的家境尚可，只是还没到能在北京立刻买房的程度。

其次，贫苦是有特定定义的。国家统计局的《中国城镇居民贫困问题研究》课题组和《中国农村贫困标准》课题组在他们的研究报告中所作的贫困界定是：“贫困一般是指物质生活困难，即一个人或一个家庭的生活水平达不到一种社会可接受的最低标准。他们缺乏某些必要的生活资料和服务，生活处于困难境地。”

这些电视剧里演的“北漂”都有工作，有的人收入还貌似很高，甚至可以随意出入豪华餐馆，也可以随意旅游，至少能穿着体面地谈恋爱。从不缺乏日常生活物资，也不会被疾病困扰，他们只是缺少自己买的房子，以及一个北京或者上海的户口。

在我看来，真正贫困的人喝不起他们端起的那种酒，也不会像他们那样在欢笑中找痛苦，在痛苦中寻开心。按老北京人的话说，不会那么闹腾。

所以，电视剧里的“北漂”其实是脱离了现实，真正的“北漂”能有几人像《我的青春谁做主》里的姥姥那样是大学教授的背景？又有多少家庭能像李霹雳家那样送孩子到英国留学？

我没住过城中村，我的父母没当过北漂，从未有过在贫困线上挣扎的经历。不过，我的母亲曾见过许多形形色色的北漂一族，她就跟我讲过一个北京城中村里奋斗者的故事。

南雅，今年50多岁，曾是东北一个三四线小城长大的孩子，出生于20世纪60年代末。南雅是家里的老幺，上头有两个哥哥两个姐姐，在她还没出生的时候，二哥就因为脑炎夭折，只有四个孩子平安长大。

南雅的童年虽然贫穷但还算幸福。作为家里最小的孩子很得父亲喜爱。从小南雅就是一个“不安分”的孩子，她虽然爱自己的家乡，但更想走到更广阔的天地看一看。南雅总说，“在老家的日子一眼就能看到头，我不想像我哥哥姐姐那样，一辈子就窝在这个小地方。”不知不觉中，“走出去”的念头在她的心里生根发芽。

不过想归想做归做，南雅还是与家里的哥哥姐姐一样，按部就班地在家乡度过了童年、少年、青年时期。中专学历的她，在百货大楼一路从柜员做到了部门总经理。

30 岁那年，南雅一下子完成了两件人生大事——结婚、生子。这时候的南雅已经算不上年轻，甚至还有了孩子的牵绊，但“走出去”的想法却随着时间推移越发炽烈，不仅是为了摆脱在小城里一成不变的生活，也是为了自己的孩子能有不一样的起点。

2000 年，南雅的丈夫在婚后第二年来到北京闯荡，为举家“北漂”打头阵。2002 年，妻子带着 2 岁的女儿第一次踏入北京，住进了一间几平米的小平房。那一年南雅 34 岁，那时候的她还没想到自己在北京一待就是整整 20 年。

初来北京，南雅的内心是自卑的，小城百货大楼部门总经理的经历，在北京的人才济济中显得那么微不足道。学历、工作经历、年龄都没有任何优势。但南雅没时间迷茫，吃喝拉撒、孩子每月 1000 多元的托儿费都需要即刻解决，她急需找到一份工作。

终于，在翻过无数报纸，投了几十份简历后，南雅应聘到了一家保健品公司当了一名普通销售员，每月工资只有 1000 元，小城的过往至此全部归零。

从总经理到小职员，说没有落差那是假的，但南雅很快收拾好了自己的心情。最初的一个月，南雅每天跟着公司里的小年轻跑市场，上门宣讲营销产品，随着做成的单越来越多，南雅的信心也逐渐回归。

然而命运似乎总是爱开玩笑，入职不到半年，北京非典疫情开始暴发。那时停业、在家办公是绝大部分公司和员工的选择，公交车上几乎看不到人。但南雅的工作性质不同，搞营销跑市场，在家窝着是找不到客户的。

摆在南雅面前的只有两种选择，要么结束北漂举家离开北京，要么继续工作。在把孩子送回老家后，她选择了后者。

这期间，南雅一天都没有休息，每天穿梭于医院、公司、客户家里。为了节省开销，她和家人一度搬到了地下室住，不见天日的房间、迷宫一样的昏暗走廊、脏乱差的公共洗手间，无不为那段艰难时光增添了一抹压抑。

但南雅无法停下努力的脚步。南雅很多年后回忆说，“记得刚来北京不久，我女儿曾生过一场病，但是那时候挣得太少，也没积蓄，和老公两个人愣是掏空口袋都拿不出女儿看病的钱，无奈只能求助远在家乡的姐姐。”南雅说，或许是为了以后不会再陷入这样的窘境，或许是为了能从地下室搬回能看见阳光的房子，我当时就一个念头，得坚持干下去。

上天总是眷顾努力的人，南雅与丈夫平安度过了那场疫情。女儿也到了上小学的年纪，南雅夫妻把女儿重新接回北京，从地下室搬到了塔楼。积攒了几年工作经验的南雅，不满足于在这家小保健品公司继续工作，辗转到机场的中信书店做店长。

当上店长后，南雅的工资待遇有了显著提升。但为了照顾女儿上学，南雅不得不面对单程超过 3 个小时的通勤。放到现在，南雅这种情况应该叫做“极端通勤”。毕竟很多年轻人连 1 个小时的通勤时间都无法接受。

不过南雅没有条件去挑剔，6 点出门、23 点到家成了南雅那段时间的日常。不过天生乐观的南雅并不觉得很苦，说到那时候她总是笑笑，“困是真的困，不过上车后我可以补觉嘛，我下车的地方是终点站，也不担心坐过站。”

去了机场书店后，南雅的“北漂”日子一天天好起来。后来，南雅又换了好几份工作，开过湘菜馆、办过小茶楼、卖过中国传统宝剑……

“来北京这么多年，各行各业都涉猎过。现在终于熬出来啦，一家三口不用挤在一居室。”说到现在的生活，南雅很满足，“刚来的时候，我有记账的习惯，但是发现每个月花的都比挣得多，气得我就不记账了。现在就不存在这种烦恼，钱够花还有富余，不过记账的习惯再没捡起来。”

南雅“走出去”的梦想，在过去的 20 年里早已实现。南雅在北京也找到了自己的归属感，“我还是很喜欢北京这座城市，虽然生活成本不低，但人文素质、整体环境很好，机会也多，再选一次我还是会来。”

南雅只是众多“北漂一族”的缩影。时光荏苒，北京的大街小巷在发展中已经没有了旧时的影子，然而不变的，是一年年怀揣着梦想走进北京的奋斗者。今时今日，“南雅们”依旧在努力拼搏，为了自己渴望的未来，奋斗着。

“弃养记、辍学记和拉票记”

还有几个从身边听来的故事，虽然与讲述者有亲疏差异，但真实性大体没问题。

故事一：有一天，我所住的小区邻居们谈起了贫困生的话题。本来，对于北京的相关情况我自信还是很了解的，因为2020年北京市教委即发布了“做好家庭经济困难学生认定工作的指导意见”，明确要确保认定公正，尊重和保护学生隐私，严禁让学生当众诉苦、互相比困，这个政策挺好，非常人性化，尊重了每一个人。

眼下有的影视剧中，非要演贫困生当众诉说自己家里有多穷，还站在捐款箱前，每来一个人鞠一躬。这种“残忍”的画面还是不拍为好。

但那天，说着说着，有个邻居阿姨和邻居姐姐似乎欲言又止，最后还是阿姨打开了话头。

她说，北京的规定肯定是全国最先进的，虽然他们老家规定也不错，小学生贫困生补助标准为：每生每天小学 4 元，按学生每年在校天数 250 天计算，年生均补助标准达到小学 1000 元，基本生活有保障。但她有一个朋友跟她说，老家有一个小男孩甚是可怜，说起来家里并不算穷，母亲也穿金戴银，可实际上他们家过得比贫困生要惨得多。

小男孩刚上二年级，最规整的衣服便是其他学生都嫌弃的校服。倒不是买不起，因为早在 2009 年电商平台就已推出了双十一，十几二十几块钱的购物方式也被更多人发现和接受。这也意味着网购一套衣服的价格注定不会太高。但是一切无关价格，而是对他上心的人实在稀缺。

这位刚上二年级脸上、上衣前襟上、裤子上时常带着莫名一块块黑色的小男孩的妈妈，穿着打扮十分高档。她是一个时尚女性，染着黄色的头发，烫着大卷，脸上永远化着精致的妆容——如果懂行还能看出她的眉毛是消费大几千后纹的，卷翘如同芭比娃娃的睫毛也是后接，而身上从来穿着县城里最好的门店“正大”的新款裙子。

小男孩的妈妈明显年龄不大，不到30岁，还是爱玩的年龄，而孩子却已上小学二年级。

小男孩的爸爸，也是哥们眼中讲义气的代表。开着大二十万的车，随时都有说走就走的架势。

不过，这位“时尚妈妈”和“义气爸爸”在小男孩4岁的时候选择了离婚。

小男孩妈妈小学时是班里有名的好学生，上初中后她仿佛打开了一个世界的大门。他们学校，只会埋头学习似乎成为了“异类”，真正的“酷男孩”“酷女孩”开始了令家长和学校头疼的叛逆行为。

小男孩的“义气爸爸”就是其中之一。校门口到教学楼有一条长长的水泥道，每次“义气爸爸”进入校园时，总有一缕提前设定好的头发率性自在地搭着，校服穿的松松垮垮看起来非常“有派”。

那时候，叛逆的他因为一句话把老师气得跳脚却洋洋得意，能给每个老师和主抓纪律的教务主任取个让大家都能相视一笑的外号，会认为自己十分有才华。

但因为越来越偏颇的“学习”方式，最后小男孩的“时尚妈妈”和“义气爸爸”都只上了当地的职业高中，并且因为学习不好最终没能读完职高，提前进入了社会。

之后的日子似乎顺理成章，两个同类人从校园走到婚姻，在其他初中同学刚考上大学那年成立了小家庭。最开始，两人买了房有了车顺手还开了一家超市，然后生了这个小男孩。

如果故事只到这里便是阖家团圆又多少显得无聊沉闷的俗套，可惜，这仅仅只是开始。

之后好景不长，超市弊端终于浮现，新鲜的菜卖不完烂在手里，一架子货因为没注意时间拖成了过期……

两人没有钱，更没有勇气、毅力以及责任把日子再过下去，只能一个紫本结束了“合家欢”。

孩子怎么办？引发了一场争执。“义气爸爸”对小男孩没兴趣，说“我要四处闯荡成就一番事业，归期不定，没办法照顾孩子”。

“时尚妈妈”也不甘示弱，回应道：“我没有工作，没有能力养！”

十里八乡听见这对夫妇不想养孩子的宣言后也就没了后话，小男孩最终还是给了男方老人养着，但，也仅仅是养着。

故事二：听完这个故事，我们小区对门的姐姐长叹一口气，她说起自己上初中时隔壁班的女班长。女班长学习很好，虽不算出落得多漂亮却也十分端正，每年的贫困学生名额中都有她，当时自己很不解，总生出一种“她是班长所以才是她”的想法。直到初中毕业，自己考上了县里高中，而隔壁班长考上了市里有名的高中时才明白，为何她会成为贫困生。

明明考上了非常好的高中，可那位隔壁班班长，一个出类拔萃的小姑娘，却在大街上崩溃到大哭不已。

那位小姑娘是被她母亲拉扯着拽回去的。原本，她死命不从，坐在地上一边大哭一边拍地，嘴里已说不成完整的句子，说一字嗝一声。因为哭得太多，两只眼睛基本睁不开，但最后也没拧过妈妈，回了家。

之后高中开学，才听说隔壁班班长根本没有去市里上高中，大家都震惊不已，后来经过不断打听问到她最好的朋友，才了解一二。

原来隔壁班班长的爸爸在她很小的时候就去世了，她妈妈一个人硬生生拖着还没到上学岁数的儿子以及闺女努力生活。

一开始日子很苦，她妈妈四处找活，什么活都干，凌晨一两点起来蒸过馒头，一天十多个小时的小工干过，地里的、厂子里的，甭管是烧火还是做饭，出力气还是费时间的能挣钱她都行，也就 40 岁老的跟五六十岁一样。好不容易女儿初中毕了业，儿子也上了初中，自己手里还有不到 10 万的存款，在妈妈看来，女儿已经有了文化可以了，但儿子不久后要娶媳妇，自己能力只能是这些，二选一的情况下想把钱留给儿子。

邻居姐姐说完似乎难过不已，她说高二时，听说了隔壁班班长结婚的消息，找的人家不错，很有钱，但班长结婚后很少回娘家。去年邻居姐姐国庆放假回家，恰好碰到了隔壁班班长领着孩子，刚想上去打招呼，班长似乎跟不认识一样径直走过。

邻居姐姐说，当时她心里五味杂陈，从听到她不能上学时，自己就曾无数次不解，有了贫困生的名额上高中也花不了多少钱，大不了周六日可以兼职，上大学前她也可以自己出去打工挣学费，以隔壁班班长从小就干活的架势自己养活自己也没有问题，可终究败给了重男轻女。

这就是贫困亦是生活，蓦然回首，才发现很多人貌似一辈子都在追求黎明，向未来出发却在经过一片黑暗时就不肯只身向前，因为他们看不到另一片光在哪里？不知道另一个天地在哪里？不知道。于是退，却找不见来时路；继续走，却看不清远方，于是在不明不白中浑浑噩噩一生。

其实唯有走下去，才能向阳而生。

故事三：表姐向来是我知无不言，言无不尽的朋友，不过一直以来都是我向她吐槽青春期的烦恼，她来开导。然而这次，她却对我吐露心声，讲出一个连我也觉得讶异的故事。

金秋十月，刚刚开学成为一名大二学生的表姐，还来不及细心规划即将到来的高考，却被两位好朋友的“请求”困扰着。

10 月初本是她所在大学每年评定贫困生助学金等级的日子。在学校里，每位有助学金需求的同学会自己申请，说明自身家庭贫困情况，统一收集后隐藏身份信息在班会上由同学们匿名投票分出贫困等级（A、B、C 三个等级）。

但就是在这个一切都该以匿名身份进行的投票中，表姐的好朋友楚楚和玉洁却都提前找到她，希望她能够在投票中优先把她们的情况选为贫困 A 级或是 B 级。作为同学，表姐自然真心希望能帮到她们。但就自己眼见为实的情况，表姐不知该不该相信自己的眼睛？

楚楚不仅是表姐的同班同学，还是她的室友。表姐还依稀记得，大一刚开学时，她们寝室四人只有楚楚是自己来报到的，其他三人包括表姐在内都由父母陪着。有父母在身边，慌乱中就多一份安慰和依靠：表姐的生活物品是他们帮忙购置的，上铺的床被妈妈亲手铺得整整齐齐，连偌大的校园都是父母带着熟悉的……

可能是习以为常，也可能是忙碌的事太多，室友楚楚面对这样的场面并没多大触动，而是自己先买好生活用品，接着铺好床铺，一切都井井有条。忙完后，楚楚还和室友们分享了从老家带来的橘子。

接过金灿灿的橘子，表姐心生惭愧，觉得自己 18 岁已然成年，开学报到本应是力所能及的事，却还离不开父母的帮助。另一方面她又很佩服楚楚，觉得室友独立自主，有可能家庭贫困，但并不妄自菲薄。

在一年的朝夕相处中，表姐对楚楚以及其家庭有了更多的了解。楚楚的父母都是地道的农民，这年头农民不会穷得揭不开锅，在国家政策扶持下至少能够实现旱涝保收。但重点是，楚楚的爷爷奶奶身体情况不好，尤其是爷爷，经常要住进重症监护室。另外，楚楚家包括她在内一共有五个孩子，前四个都是姐姐，最小的一个是弟弟，楚楚排行老二。

和大部分贫困故事里的情节一样，楚楚考上了大学，她的姐姐却没有。楚楚说，她的姐姐不是考不上大学，而是自愿放弃，因为家里需要多一份收入，每年父母三、四万的收入供不起姐姐去读大学。于是，楚楚的姐姐自高中毕业后就南下打工，成为一家服装店铺的销售。

幸运的是，这些年恰逢互联网经济像花儿一样盛开，姐姐打工的服装店在淘宝上卖得不错，所以她的收入也水涨船高，不仅能够自力更生，也能为家庭减轻一些负担。楚楚的大学学费以及生活费就是姐姐赞助的，虽然不多，但是楚楚的心不用一直悬着，可以专心学习了。楚楚还说，接下来她的目标就是好好学习，本科毕业后自主创业，和姐姐一起开一家淘宝女装店。

言语之间，可能表姐自己都没发现，她对楚楚的关爱和钦佩之情。而这位楚楚同学，也足够乐观、开朗、执着。就像奥斯卡·王尔德所说的那样：我们所有人，都生活在臭水沟里，但有些人，仍仰望星空。

表姐最后帮了这位楚楚同学，在贫困等级投票中投为A级。那么另一位同学呢？

那一位叫玉洁，表姐的另一个同班同学。据表姐描述，她们俩相识缘于大一开学时的军训。两人当时在队伍里挨着站，教官训练正步走时，一不小心就手打手，“两败俱伤”都被打得通红。不打不相识，一来二去，两人走出起初的尴尬成了好朋友。

表姐对两人相处的三个细节印象深刻。一是当时玉洁用的手机型号是和自己一样的华为P9，当年华为P9才刚发售，全网售价大约3400元，对于学生来说并不便宜。二是表姐和玉洁军训完时常约着一起去吃饭，玉洁每餐都点很多菜，大半部分吃不完浪费了。三是玉洁说自己很喜欢音乐，在社团里看见别人弹吉他后，立马用自己的零花钱买了一把价值700元的吉他。玉洁平时花钱有些大手大脚，表姐以为她的家庭条件应该很好。

大二刚开学，玉洁就在向表姐炫耀自己刚换的iPhone，也就是在这个时候，玉洁提出了想让表姐帮忙投票的请求。表姐困惑了：贫困生到底怎么定义？作为同班同学，从玉洁平时的消费就能感受到她是个家境如何的人。餐食的浪费、足额的零花钱，和几千块的苹果手机比起来似乎并不过分。谁都有买 iPhone 的权利，但是作为一名领取贫困补助的贫困生，买 iPhone 的意义是什么呢？可不管什么意义，一定和国家设立大学生贫困补助的目的不一样。

想通了这点，在最终的投票中，表姐并没有给玉洁同学投票。但显然，玉洁还拉了别的同学的票，她依然被评为贫困 B 级。表姐说："我当时什么也做不到，做不到让同学了解玉洁真正的家庭情况，也阻止不了其他，真是可笑。"

表姐到现在都记得，在学校公用电话前，一个男生拿着电话和他妈妈说自己没选上的那种失落。

"可能他们比我更需要这份补助吧。"

穿过任意门

无论科技如何进步，
人类与机器的最大不同，
就是即便挫折和逆境，
都是人类寻找幸福的一面镜子。
翻开历史，人类所有的一切行为，
友爱、指责、争吵，甚至是对抗，
也都是为了一部分人类或者全部人类的幸福。
那么什么是人类的幸福?
我们能为这种幸福做些什么呢?
人类的一切努力的目的在于获得幸福。
——欧文

穿过任意门

小时候，你们难道没有看过《哆啦 A 梦》？

那个憨态可掬特怕冬天的蓝色机器猫，能从自己的四维空间口袋里源源不断地掏出各种各样的宝贝：竹蜻蜓、时光机、任意门……如果让你们从这些宝贝中只选一样，你们会挑哪个？我？肯定会选任意门。从小，我就幻想通过它瞬间到达自己想去的任何地方。

我想去喜马拉雅山巅寻找三叶虫化石的踪迹，6000万年前马里纳亚海沟是什么样子，我也很好奇。如果能赶在北京新开的环球影城涌进爆炸的人流前，通过任意门去跟“话痨”威震天聊聊天，嗯，也是很不错的选择。当然，最好是备足铜锣烧。

突然间，心随意动，我眼前凭空出现了一扇任意门，有个声音在召唤我打开它。我拉开门，带着对未知的好奇，朝黑洞洞的门里一步迈进去……

大洋彼岸精神奕奕的总部高管们正通过全息投影视频会议，和我的团队争论为什么一个在欧美市场畅销的产品却受中国市场冷遇，到底是因为产品水土不服还是中国下属不够卖力。

此时的北京已是夜幕深沉，饥肠辘辘的肠胃多次向我的大脑发出警报，早上出门时挺括的西服也箍得我不太舒服。在我 17 岁那年，准确地说就是 2021 年，听说日本索尼公司召集了 4 个科幻作者去畅想什么“One Day 2050”。据说有人当时预测人类在届时可以通过人工智能顾问帮助那些经历过困苦和挫折的人迅速走出低落情绪。现在我可以负责任地说一句，即便对于一个敏感的巨蟹座女性，饥饿感，还不是因为金钱的原因，远比情绪更难克服，AI 也没有用!

但吵架这种高难度工作，聪明的机器人们还没法亲自上阵。我只能继续被困在办公室里，喝着“大白”们送来的咖啡。这玩意儿，我上大学时就已开始普及了。

很难想象穿过一道任意门，没有冰冷的世界之巅，也没有恢弘的远古时代，我的地理坐标竟然还在北京，但时间，却是十五年后。

看起来，5480天后的我已经实现了当初的梦想：一个大型跨国公司的驻华首席代表，穿着高跟鞋步履如飞地在北京最繁华的CBD街头昂首行走，就像盖尔·加朵，那个长腿披着盔甲去战斗的神奇女侠。这样剪影般的场景，在我少年时曾经像是镌刻在基因中的一个符号，召唤着我去实现它。

不只是我的生活，十多个365天足够改变很多：就像机器人已经代替了绝大部分人工劳动，语言翻译联盟让全球人类交往再无障碍，以及全球每个人都拥有自己的碳排放定额，并按照体重折算。这一度让减肥更加流行，以及飞机票价相差十倍。

但很多东西不会变，就像地球越来越平，但大洋两岸令人抓狂的时差依然在，身处科技、宗族、文化、社会这些庞大命题中的个人焦虑也依然在。

有时候我会荒诞地觉得，每个中国孩子从小就听过的夸父追日，或许是远古人类对遥远未来的神秘预兆。我感觉自己就像是那个永远追着日头奔波在路上的远古部落首领，论文、升学、工作一直让我处于紧绷的状态。夸父在长途跋涉中，可以停下喝光黄河和渭河的水。但每当我想停下来喘口气，却焦急于路人的追赶超越。说实话，我知道太阳在前头，却不知道终点在哪里，但身边每个人，都在跑，比我出生那年雅典的刘翔还快。

总部马拉松式的会议终于在北京时间的午夜时分结束，整个团队筋疲力尽，但结果不乐观。看吧，虽然科技让人类之间打交道的必要场合越来越少，但科技再发展上几十年也不会懂人类明面语言交锋下的暗潮汹涌。

别忘了，我生在北京，从小就知道“您吃了吗”不代表有人想请客。

没过几天，公司总部的另一个团队准备接手我们的项目。整个中国团队在经过 AI 心理访谈测试后，被强制安排带薪休假一个月。紧绷的状态突然转为放松，我去尝试了强烈的阳光、浓密的森林、咸涩的海风……但我的世界里，没有人类的气息，依旧孤独。

我想是该在一直追逐日头的旅途中停下来了，看看不一样的人生，也聊聊自己的故事。

于是我报名参加了一个义工组织，在离家不远的一间办公室里开始了自己每周一天的义工生涯。工作内容很简单，就是和在系统里预约的人们聊天，每人大概半个小时到一个小时。这种需要情感、逻辑并举的工作，也是二十年前就能轻而易举打败围棋大师的人工智能所无法处理的。

当我登录预约系统，忽然发现聊天预约已经排到七个月后。有这么多人想要和陌生人面对面聊天的现实令我吃惊。从小我一直认为，跟陌生人倾诉自己的心事，是一件相对私密的事情。不过，有些时刻、有些话，我们跟身边的亲人、朋友张不开口，陌生人反而是最安心的聊天对象——

不回信的女儿

斑白而凌乱的头发、略有些佝偻的背弓，以及女性中少见的指节粗大、青筋虬露的手……所有细节都在讲述着眼前这位女士的过去。推门而入的她穿着一件看上去有些“村”的粉红汗衫，看起来，有些上年纪。

一个让我有点不确定的细节是，她背了一个国外社交网络上热度正高的挎包，它的独特之处在于设计师一言难尽的审美和高高在上的价格。但这位女士毫不在意地将它随手搁在了地上。

“这个包好看吗？我女儿送的。”或许是发现我的目光停留在包上的时间有些长，她忽然问，多少带着些小小的炫耀。果然是我想象中的大嗓门，而且，她的衣着、音色和河南腔调，也成功地让我想起了脑海中的某位故人。

“你……是不是张姐？”我有些不确定，也有些惊喜。回国工作后，我与从前朋友同学的联系都隔着一张屏幕，难得在网络外碰到过去认识的人。十五年前那场侵袭全世界的新冠疫情，完全改变了人们的生活方式，也让收废品的张姐敲开了我家的门。但眼前的这位女士比我印象中的要苍老一些，与十五年前我认识的张姐最大的区别其实并非这些，而是那股战天斗地的精气神，没有了。

有些吃惊，她探着脖子、皱着眉头眯眼上下打量我片刻，一拍大腿乐了：“我说是谁，这不是 5 号楼也出国上学的小姑娘吗。都长这么大了。”看来她还记得，而且印象最深的标签就是出国留学。

“你现在在咱们社区上班？”张姐热情地打开话匣子，“这工作可辛苦啦，挣得也不多，不过至少离家近。不像我女儿，书读得再好有什么用，出去就不再回来，走得太远了。”她乐滋滋地拿出手机，让我看她女儿的全息影像，“估计你们年纪差不多。”

十五年后，人们保留记忆最普通的手段当然是全息影像。身着学士服的白净姑娘，站在一块大石头前笑容明朗，空气里飘荡着夏天柠檬的气味。大石头上刻着自强不息、厚德载物八个大字。收废品谋生的张姐，女儿居然毕业于国内 top2 的高校，这太出乎我的意料。看来，打败有着 25 万年历史人类的，从来都不是细菌与钢铁，而是自以为是的刻板印象。

张姐明显得意于我流露出的诧异，“没想到我女儿这么优秀吧。毕业的时候我想让她留在北京，也跟你一样找个稳定、轻松的工作。她就是不听，非要考什么托福……结果去了美国，不回来喽。”

我略有些冒犯地想，即便是教育资源越发均衡的现在，一个在大城市里以收废品谋生的家庭，培养出了一个考上一流大学的孩子还留在了美国，张姐应该算是“英雄母亲”了吧。

但女儿不仅是她的骄傲，也是张姐跟陌生人倾诉苦水的最大原因。“人人都说我们家养了这么个女儿是烧了高香，可是自己家的苦自己知道。多少年都没回过家了，跟她视频总是在忙，发消息过去石沉大海。”张姐有些激动，“别人有个头疼脑热，都是孩子跑前跑后。我们是没享过她一天福。”

在女儿刚出国的前几年，张姐两口子曾太想女儿去国外看她。现实给他们泼了盆冰水，比腊月冷水更彻骨。

女儿每天要在公司和家之间开车往返两百公里，十分辛苦。张姐两口子心疼女儿，大张旗鼓给女儿炖鸡炖鱼炖排骨，但女儿一口也不吃。不领情的理由很简单：保持体形。张姐两口子给女儿做饭的兴致一下子就退潮了。好容易，女儿周末在家休息，老两口想聊聊天。可女儿听到她小时候的事情就不耐烦，但那是父母唯一能跟女儿有所牵扯的话题。

身处语言不通、肤色不同的异国他乡，跟唯一熟悉的女儿又话不投机，为了不给女儿添乱，张姐夫妇勉强在女儿家待了不到两个星期就打道回府。而他们原本的计划，是至少待上一个月。

回国前，女儿带他们逛了一趟当地的奥特莱斯。“我的包就是在奥特莱斯买的，我女儿非说我之前的包太寒碜，结果她买这个包贵得要命，也没好看到哪儿去。”张姐嘟囔着。

“她可能是工作太忙了，再说国外跟国内还有时差呢。”我劝张姐别想太多。

“才不是呢，我生的女儿我知道。”张姐对我的苍白劝解并不买账，语速快得像发射一连串小钢珠，“再忙也有空发个消息吧，总有能接通视频的时候吧？现在春节都成全球法定假日了，美国人都放假，她就不能回来看看？”

她停顿了一下，欲言又止但最终不吐不快，“我看她啊，就是嫌弃我这个收废品的妈，恨不得离我们越远越好。”

嫌弃？中国人有句古话，儿不嫌母丑，子不嫌家贫。从我的人生阅历来看，我感觉张姐说得有点过于夸张，“呃，我觉得吧，大概是年轻人都想要有属于自己的生活。”我忽然想到可以拿自己来举例，“就像我，平时没事儿也不怎么跟家里联系。”我忽然心虚地想起，自己休假做义工的事情，还没跟退休后去江南农村种地养鸭的父母说。

不过情绪占据上风的张姐，没那么容易被劝住。张姐现在还记得，许多年前，上幼儿园的女儿有天哭着回来跟她说，她不想长大，因为长大妈妈就老了。张姐当时感觉自己的心都要融化了。可是长大后的女儿，从一个粉嫩团子出落得亭亭玉立，却跟她渐行渐远，无论是物理距离还是心理距离。

她说着说着有些哽咽：“她长这么大，只要好好学习，不管提什么为难的要求我跟她爸都没二话。家务活从不让她沾手，有什么好东西都先紧着她，可是到头来有什么用？”

养孩子究竟有什么用？我忽然想起很久之前看过的一本书。这本几十年前出版的书上说，孩子长大的过程，就是家长目送孩子的背影渐行渐远。而孩子默默用背影告诉你，不必追。但是，当孩子被放在父母精神支柱、生活奔头这样重的位置，年迈的父母又怎么能不追？

张姐走的那天留给了我她女儿的联系方式。也许，她认为同龄人间的交谈能够帮助打开和女儿间的那道门。我其实并不擅长跟陌生人聊天，但张姐谈及女儿时的骄傲与沮丧，让我想帮她做点什么。

计划赶不上变化，这句话永远是真理。在我还没做好心理建设联系张姐的女儿时，就接到了接手我先前工作的 Amy 的视讯请求。听说她是总部近两年升职最快的华人，不然也不会被派来接手这个被总部和中国区踢皮球的项目。但是，她的个人联系方式令人吃惊地眼熟。事实上，这几天我一直对着这个号码犹豫不决。

视频接通，对面果然是一位跟我年纪差不多的华人女士，妆容精致干练，一口流利的英语。大概没人会想到她来自遥远东方，一个在北京的中国家庭。

没有寒暄，Amy 直接切入正题，几分钟就谈完了工作。当她打算干脆利落结束通话时，我试探性地问她是否认识张姐。她看起来十分吃惊，换成了中文："难道你就是我母亲找来要跟我聊天的人？我看到了她前几天的留言，说会有人找我聊聊。我以为又是哪家的亲戚找我帮忙。不对，我记得她说你在社区工作？”

我耸耸肩，跟她说了张姐对我工作的误解。她叹气表示理解，“我妈就是这样的性格，自己有一套判断体系，从不管事实到底是什么样，也不管别人怎么想。”

Amy 坦承，母亲的到来确实打乱了她一贯的生活节奏。不过当我委婉地提及“嫌弃”这个词后，她沉默了许久哑声说：“我爱我妈，我知道她为我付出了她能付出的所有。但她付出的，其实我并不想要。”

她还记得，拿到大学录取通知书那天，红光满面的母亲，一个人就生生营造出“锣鼓喧天，鞭炮齐鸣”的气氛，甚至还一改平时的抠门，喜气洋洋地买了一大兜糖发给周围的邻居，让大家沾沾喜气。她知道，母亲是发自内心感到幸福，认为日子有了盼头。但让她自己高兴的事实却是，终于能够推开家门，独自上路。

如果真要说“嫌弃”，根源或许并不在于物质上的贫穷——随着基尼系数趋近于零，这个词语近年已渐渐被淡忘。我没出国前，张姐两口子收废品的收入就不低，不仅在北京与我们做起了邻居，还有余力接济了农村的一大家子亲戚。等碳达峰到来，废品回收更成为国家重点扶持的行业，各路资本、技术、人才都蜂拥而至。国内首富这把交椅已经连续两年都被废品回收行业占据。

但家里收废品，是张姐女儿这个 360 度无死角的好学生，在自己求学生涯中唯一的“痛点”，或者说“污点”。从小她就因此被那些捣蛋鬼扯辫子嘲笑，还会有调皮的男孩把喝完的饮料瓶偷偷放在她的抽屉里，还美其名曰让她带回家卖废品。长大一些后，她从来不填父母职业这一栏，但母亲经常会到学校来接她，抹着额头上不断滴落的汗水，给她来送伞送水送热气腾腾的包子，顺带还拉着小车扛着麻袋，从相熟的老师那里独揽废品生意。

对于打着玩笑旗号的恶意捉弄，许多人在长大后大多能一笑了之，但谁能天生披上盔甲呢？同龄人或好奇或嘲笑或怜悯的目光，如此锥目而赤裸，让敏感的她如芒在背，“每次她来到学校，我都感觉像《西游记》中的妖怪被孙悟空打回原形。”未来的 Amy 激烈地反对母亲再去学校，在委屈又伤心的哭骂声中，目标达到了，她也并不开心。

这场家庭战争，没有人是胜利者。

再后来，考上大学，国外读书，进而在激烈的面试中脱颖而出，找到工作拿下绿卡，从敏感自尊的张姐女儿修炼成了跨国公司里到处救火、所向披靡的金刚怪兽，性别都不用在意。这条拥挤且并不平坦的道路，凭着一腔孤勇，一去从不回头。

刚到国外读书时，生活颇有些拮据。出于某种奇怪的骄傲，她不愿意再伸手向家里要钱，以至于手机丢了后有很长时间舍不得买，跟家里联系只能去街头打公用电话。

“那一年，纽约的雪特别大，差不多齐膝。下了课在雪里深一脚浅一脚地费力找电话亭，但还是不小心狠狠摔了一跤。摔得可真疼啊，我至今记得当时我坐在雪地里哭了大概十多分钟，然后站起来继续寻找。电话那头，母亲还埋怨我电话打晚了让她错过一个大生意。但那一刻我心里想的是，千万不能感冒，因为没钱买药，因为，没人会照顾我，像我妈。”

女儿在异国他乡面对陌生环境、难懂语言以及孤独夜晚的忐忑不安，张姐大概都可以想到，却并不会过于担心。她自己，从家乡到北京，也这么过来的。女儿像爸妈，所以她永远关心的话题是，女儿什么时候能回家。

但是好容易聚在一起，那让人侧目的大嗓门、埋怨式的求关注以及两代人间对边界感理解的差异，又都让Amy感到窒息。“你们北京孩子，不会有这种感受。我拼命学习，就是为了有一天能够离开那个家。”Amy，张姐的女儿，在结束视频通话前，跟我说。

身处三千红尘，我们都是肉体凡胎的人类，不可能同孙悟空一样从石头里直接蹦出来。我们无法选择自己从何处来，但可以选择自己向何处去。长大后，有人选择向内和过去和解，有人选择向外和过去割裂。就像张姐，在女儿小的时候，她天天不厌其烦地告诉女儿，“好好学习才能和爹妈不一样。”

跟爹妈不一样，这句话就已经预示着他们的未来。

会发光的人

又是一个担任义工的周末，我面前年轻男士一坐下就迫不及待地问我：“你见过会发光的人吗？”

眼前的这位看起来十分适合去做特工这类需要隐匿身份的工作。普通的个头、过目即忘的大众长相，领口已经微微磨白的格子衬衫搭配牛仔裤，走在街上撞衫度简直高得不能再高。我打赌他很可能是个工作了四五年的程序员，不仅颈椎有些微微前倾，发际线也略有后退，挂在脸上的黑眼圈显示他经常熬夜。

发光？听起来不是个物理问题，而更像一个哲学问题，我有些迟疑。不过他显然也并不需要我的回答，每个坐在我面前的人，自有他想说的话。

“你知道勇者游戏吗？我在里面是全服第一。一个服务器可是有上千万人。”他说的是一个在年轻人里很受欢迎的游戏，以难度高而知名。听他自豪的语气，我大概能明白，他所说的发光，大概就像成为万众瞩目的焦点。

我忽然想起许多年前一个风靡全球的游戏——王者荣耀。其实，我到现在也不太能理解为什么会有人愿意在游戏里一掷千金去买虚拟的道具和服装。不过那时男同学们谈起游戏无不眉飞色舞、跃跃欲试。全服第一名的成绩真的是闪闪发光、令人仰望。以至，我的母上大人，会担心我会早恋。

好像距离我们上高中没过多久，针对未成年人的游戏禁令就被颁布。未成年人被限制只能在周五到周日这三天晚上的八点至九点，玩一个小时。随后 60 岁以上玩家半夜游戏上线率激增的话题，还引发了全民大讨论。不间断对玩家面部、手部进行扫描、分析的 AI 识别系统也自那时逐渐普及。我听说有几个玩游戏上瘾的男同学，偷偷用家人的账号登录游戏，但最后被 AI 系统识别出来，不仅全校通报批评，还被列入游戏黑名单，所有账号被强制注销。

“那不是上瘾。”我面前的男士听我谈及学生时代的游戏往事，笑容里也有些怀念，“那是因为，只有在游戏世界里才能发光啊。”

“呃，是因为在现实生活里无法发光吗？”我轻笑反问。

“三次元的生活实在是太黯淡了。”他有些自嘲地笑笑。于是，我听到了一个名叫小光的少年，过去这些年间的成长故事。

大片大片的翠绿竹林、红通通但扎嘴的鲜甜菱角、河里数不清的小麻虾和大鲶鱼……这是小光对老家留存的印象。12 岁之前，他跟爷爷奶奶生活在老家。村子离淮河不远，捉鱼摸虾逮泥鳅是每个调皮小男孩的必会本领。

不过当别的孩子被父母逮到偷偷下河，拎着鸡毛掸子胖揍一顿的时候，咧嘴豁牙捂着屁股的小光都会有些羡慕。年迈的爷爷奶奶要在庄稼地里忙活，爸爸、妈妈在遥远的北京打工，一年也就过年才回来几天。不过每次视频聊天，在北京当快递员的爸爸都会跟小光再三保证，“过两年条件好了，爸爸一定把你接到北京来，咱们在北京安个家。”

小光曾在镜头中见过爸爸在北京骑着红色小车风驰电掣去送货的样子。威风的红衣侠士身后，镜头里的天空被远方鳞次栉比的摩登大厦占据，挂在天上的太阳只能在偶尔的缝隙中闪出身影，远远地还能看见十几年前建成的央视“大裤衩”。叠起来好几层的宽阔马路、高耸入云的摩登大厦、水泄不通的堵车长龙……这样的北京，小光的小脑袋，完全无法想象。

但北京，实在太过遥远。

有一次，在学校受了委屈。小光计划偷偷跑到县城坐大巴去北京找爸爸妈妈。但又渴又累地走了漫长一下午，也没有看见县城的影子，反而被家里的大黄狗扯回家。从来舍不得打他的爷爷，那天挥着笤帚揍得他哇哇直叫。

收到北京快递，是小光那时最开心的时刻。

闻讯而来的小伙伴们都挤在他家门口，伸长了脖子等着看小光父母又寄来了什么稀罕玩具。为了能先玩小光父母寄来的变形金刚，男孩子们围在他身边，为谁跟他关系最铁吵得不亦乐乎。

“那一刻，手里举着变形金刚的我，感觉自己会发光。”小光说。

12岁的时候，爸爸终于兑现承诺，将小光接到北京，一家人幸福的团聚了。临出发前，小伙伴们不舍又欣羡的目光，让小光对大城市的未知生活期待又兴奋。但到了北京才发现，大城市的生活并不如想象中那样金光闪闪。

小光和父母生活在北京五环外。当时这些城中村尚未被拆迁改造成后来的公共绿地，一个个千万富翁还没有因此诞生，五环外也还没成为高消费的代名词。北京的城中村里，没有老家宽敞的院落，没有伸手可摘的莲蓬菱角，也没有悠闲午后躺在竹椅上小憩的老人。气候比老家更干燥的北京，连时钟也仿佛要快上许多倍。

大人们行色匆匆的步伐和疲惫黯淡的眼睛，是小光对北京最初的印象。

这些来自五湖四海的青壮年们，像一群不知疲倦的工蚁，天色未亮已经散落到北京的各个角落辛勤劳作，又在夜晚如潮水般带着一天的收获涌回巢穴。卖早餐、卖蔬菜、做保洁、送快递、修手机……这些忙碌的“工蚁们”维持着北京这个庞大城市的正常运转，又从这个超大城市获得收入养活自己和家人。好容易能够喘上一口气的他们，又将自己的子女接到北京，期待孩子和自己一样在北京继续生活。

小光来北京时，这座城市所有孩子已经全部实行就近入学。父母为他联系到的学校，就在距离城中村几百米的一个小区里，这个小区也在小光爸爸负责的片区内。刚进入小区时，他感觉自己进入了一个大花园，但城里的花朵，就是跟乡下野花不一样，颜色更明亮不说，绽放得更加热烈自信。小区有个微波粼粼的大湖，里面看不见老家常见的凶悍大鹅或者灰色麻鸭，几只优雅的黑天鹅，低着弧度优美的长颈，在啄食撒进湖中的面包屑。

对，面包屑，只有生日才能吃到的那种。

黑天鹅和小学的组合，让我觉得有些耳熟，却没能抓住闪过的片鳞只爪。不过黑天鹅和灰色麻鸭带来的视觉冲击对比想想还挺有意思。当他发现，在村子里被稀罕得不行的奥特曼、变形金刚手办，到了北京居然是男孩子们的玩具标配，小光更加失落。

相对乡下孩子的直白热情，北京的同学们与他这个乡下转学生间存在着一扇无形的门。没有人“欺负”小光，但也没有人主动接受他，无声的拒绝让他感觉自己就像是闯入一群黑天鹅中的灰鸭子。偶然一次电竞游戏里酣畅淋漓的比赛，意外地让小光在班里男孩子中渐渐打开局面。在竹林里、小河中锻炼出的眼疾手快，让他轻轻松松成为同学中游戏玩得最好的那个人，逐渐成为游戏小团体中的核心成员，有了能勾肩搭背、一起踢球、一同逃课的兄弟。这，大概就是“光”的力量。

小光从此有了更远大的目标，他渴望成为一名职业电竞选手。但每周区区三个小时的游戏时间，对想要走职业路线的他根本不够。就算给三个胆子，他也不敢用父母的账号玩游戏，于是，他也跟同学一起钻起游戏禁令的空子去买成人账号。但随着禁令越来越严，成人账号的价格也水涨船高。小光自己的钱很快就不够用了，他把算盘打到父母那里……

不知道你有没有见过滚雪球。一个小小的雪团，在雪地里越滚越大。它能大到你无法想象，但却脆弱得一击即碎。平静的日子被随之而来的封禁账户、学校通报、警察登门打破，终日忙碌的父母这才知道小光为游戏做过的一切。专门请假来到学校的父亲，颤抖着举起了巴掌，责问小光："能来到北京，你还有什么不满足？"

小光不是一个不懂事的孩子。父亲颤抖的巴掌和母亲伤心的眼泪，都敦促他重回校园。但他也确实不擅长读书。高考时发挥无功无过，总算考上了一个大专级的计算机专业。毕业后他试过在线上投简历，但像点样的工作都要求本科及以上。线下职业市场带来的冲击更大，大群本科生、研究生投出的厚厚简历像废纸一样被随意丢弃。小光扭头离开，和爸爸一样送起了快递。北京这座超大城市中，众多忙碌"工蚁"，从此多了一只。

看到小光和爸爸一起送快递的全息投影，我不禁感叹缘分的机巧。

对我而言，他爸爸并不是陌生人，在十五年前的那场疫情中，他为闭门在家的人们带来了物资储备和远方的问候。或许我还曾在小区里和上学的小光擦肩而过。原来他的孩子真的也来到北京，和他一样送起了快递。只不过下一代不再像他的父亲那样骑着红色小车，而是操纵上百辆无人车在各个小区中穿梭。

“你知道吗，每天凌晨被地铁的安保机器人塞进散发着浑浊气味的车厢时我都会想，为这不到一平米的狭窄空间苦苦挣扎，到底有什么意思？”小光有些愤懑。他仿佛能看见自己的未来，就像眼前这列已知终点的有轨列车：娶一个门户相似的妻子，生几个或聪明或调皮的孩子，举整个大家庭之力在北京买个小房子，一辈子为中产这个虚无目标奋斗。

能让他从这压抑现实中得到片刻喘息机会的，就只有熬夜游戏的攻城略地了。

但小光的父母欣慰于他的“改邪归正”。他们这一代人从田间地头艰难地走到大城市谋生，最大的期待是自己的孩子能够摆脱出卖体力的宿命，在大城市扎下根来。“我的父母对我能来到北京感到很满足很幸福，认为都是他们的功劳。”在故事的结尾，小光有些无奈地说，“我后悔来到北京，真的，越来越后悔。”

这么多年过去，无论是互联网行业，还是快递行业，无论脑力行业还是体力行业，它们提供给年轻人的那种伴随着整个行业蓬勃向上，继而自己也成为人生赢家的机遇，已经越发稀少。近几年已经再难听到年纪轻轻便实现财务自由去南非钓鱼的传奇故事。“我的父亲刚到北京时还期待通过在大城市的自我奋斗改变人生命运，但我看不见自己要走的那条路。”他无力地把脸埋进手掌，连搓下的力气好像也没有了。

我佩戴的情绪感测器感应到他的消极度已经到达阈值，故意打断：“但是你有没有想过，如果你留在村子里，也许就要像你的祖辈们那样靠种地为生，风吹日晒。”

他不假思索地回答我：“你太不了解现在的农村，早就是机器人种地了，粮食也不愁销路，全国流通平台统收统卖。”

他想了想，又说：“而且……也许我会成为那个种地最好的人。”

“我不想和你一样”

我打量义工办公室窗外的一座老旧小楼，外墙上石块已陈旧剥蚀，柔弱但生命顽强的星点花草点缀其前，此刻，它的大部分身体已经没入黑暗，仅有楼顶沐浴在夕阳的余晖中。突然间，我想起老爸似乎中意的《肖申克的救赎》中有类似一节。

义工组织的常驻人员正给我们这些新人做培训：“不管是农村还是城市，不论老人还是孩子，伴随着科技进步，总会产生相应的心理阵痛……”

激情洋溢的话被突如其来的推门所打断，进门的那个人冲我笑了笑。拎着一个大盒子进来的是李哥，我猜他是特地来感谢我的。

一个做义工的周末，我趁着午休的工夫出去吃午餐，发现一个西装革履的中年人靠坐在办公室门口，表情痛苦，一头冷汗，蜷缩的手指还在微微发抖。看他这样子，像是犯了低血糖。上去询问得到肯定答案后，我将他扶进办公室靠坐在沙发上，把包里常备的巧克力、饼干一股脑都塞给他。

补充了一些能量后，中年男人看起来好了一些。我让他别着急走再休息一下，“您这情况，随身得备着点甜食补充糖分。”中年男人点头苦笑。

他让我叫他李哥，听起来有些江湖气，但莫名适合。

李哥来拜访他的朋友，就是楼下餐厅的老板。没想到人没等到，却引发了低血糖。

他不经意抬头环顾办公室，“周末也来加班？你们是做什么的？”我告诉他这是间公益性质的聊天室，就像一个倾诉秘密心事的树洞，“呃，如果您想聊聊天，可以在系统上预约。”

李哥听了只是笑笑，礼节性地接过预约卡片放进兜里，就像礼貌接过街边的传单，但他的神情看起来颇有些不以为然，“聊天太浪费时间，也看不到什么实际效果。我平时工作有些忙，日程表都得精确到分钟。”

精确到分钟？我不由得再度打量他，商务穿着气质精干，不假思索以结果为导向，也许还真是什么日理万机的“大人物”？但矛盾的是，他理着短短的寸头，皮肤黝黑，看着不像常坐办公室的人。休息过后他再三感谢，礼貌告辞。但我没想过一周后，我们又见面了。

鉴于上次他对跟陌生人聊天这件事表现得完全不热衷，我完全没想到他是来聊天的。但李哥告诉我，他选择了价格令人咋舌的付费模式，才能在系统里加急插队提前预约时间。而且付费模式下，原本分给他的是更专业的心理医生，但上次的见面让他更想跟我聊聊——在知道我是来做义工后。

“最近您身体怎么样？”我选择用一周前的那次交集来开场。

“嗨，好多了。年纪大了身体扛不住。”李哥有些感慨。“我年轻刚来北京的时候，每天浑身使不完的劲儿，馒头配咸菜都感觉……用你们年轻人的话怎么说来着，小宇宙在燃烧。”

在老家上完初中，李哥就跟老乡来到北京打工。“过去家里穷，没法供所有孩子都读书，我就出来找份工作，顺带还能补贴家里。在北京这么多年，泥瓦工、端盘子、洗碗、外卖、看园子……就没有我没干过的活儿。”

年轻的时候，李哥想扼住命运的喉咙。如果讲述他的故事要放一首 BGM，一定会是那首古早的《爱拼才会赢》。闽南腔调的歌词配上北方的钢筋丛林，错搭也意外和谐。无论哪份工作，他都是最拼的那个人。“就算是跟同行发生冲突，我肯定也冲在最前面。老乡们都服气我。”他无法想象为什么会有人因为想要跟人聊天而来做义工。每天高强度的工作让他有时间只想做一件事，那就是补觉。

李哥完全不懂互联网，但很幸运，他遇到了 O2O 平台的黄金时代。只要摸准了时代的大势，一个人似乎只要身处其中，不用怎么费力就会被前进的时代洪流推动着，顺理成章地实现让后来人津津乐道的成功故事。

不怕吃苦的李哥在夜市摆地摊的时候，遇到了赏识的伯乐，自此跟着一路闯荡，成为左膀右臂。现在，他的伯乐早已成为互联网教父级别的人物，而李哥也已从外包员工被聘为正式员工，从一线打杂做到公司副总，手下管着几千号人马。公司前两年在香港上市的时候，他们这些早期员工都拿到了期股。随着股价哗哗地涨，李哥在北京买了大房子，还快速通过积分在北京落了户。

“在北京啊，只要你肯吃苦肯奋斗，就一定会有机会出头。”李哥铿锵有力地总结道。没错，这是他的人生经验。

在大城市改变人生命运的他成为村子里的传说。乡亲们总用李哥的故事来教育家里的孩子，他就像是老乡中的一杆大旗，他的家就像是村子的驻京办。但凡村子里有人到北京，都要到李哥这里来“拜码头”，李哥也尽自己所能来招待、帮助这些初来北京的年轻人，希望他们能比自己当初更快适应这个大城市的呼吸节奏。

我很久都没有听到这样质朴又励志的故事。北京包容了那些热血的外乡年轻人，让他们有了用武之地，又让他们帮助更多的初来者……

但就像磁带有 AB 面一样，李哥的故事也有。

“你们年轻人可别跟我们当初学，年轻的时候拿加班熬夜当家常便饭，为了拿下订单把自己喝到胃穿孔都感觉不算多大事。现在蓦然回首，发现手里头拿的，都是拿健康和孤独换来的。”李哥唏嘘道。

而当初自己为什么上路，大概早已经忘记。

按老家的习俗，二十出头成家已经不算早。跟村里大多数男人一样，李哥是通过相亲结婚的。媒人先将他带到姑娘家相看，看对眼后双方父母再谈彩礼。村子里很多婚事都耽搁在彩礼上。李哥这桩婚事谈的却异常顺利。他老丈人是村里小学的校长，喜欢李哥身上“见过大世面”的沉稳，没要什么彩礼就痛快把高中刚毕业的女儿嫁给了他。

在中国农村，结婚是考不上大学的女娃娃的归宿之一。很多年前，我的爸爸很偶然间，告诉过我。

婚后他与妻子的感情很好，也很快有了自己的女儿。年少离家，他自己已经走了太久。但分离是这个小家庭要面临的残酷现实，李哥的工资还付不起北京五环外一间屋的房租，他只拥有员工宿舍里的一张床铺。

未来与当下的幸福哪个更重要，这个选择题早就上升到人类三观的高度。选择未来的人，其实都是在赌。岳父选择李哥，是认定他将来会有大出息。而李哥自己也务实地选择赌明天，因为，留在家里，揭不开锅。

李哥怀揣着为他们小家庭幸福继续打拼的念头回到北京。每月，除了最为必要的吃饭、流量费，李哥把剩下的工资全部寄给妻子。女儿露着豁牙齿冲自己笑，让他觉得自己劲头十足。

但当下的幸福对留在家里的年轻妻子更具有诱惑。距离不仅产生美，也产生隔阂。没有壮劳力，家里就缺少一根顶梁柱。结婚前没怎么干过活儿的妻子，不仅得操持家里的缝补洗涮，还得像个男人一样扛着锄头自己下地去干活。家里的妯娌们还要说些闲言碎语，谁让她家里没有男人。

坚持了数年后，妻子终于厌倦了这样看不到尽头的琐碎生活，离开家去南方打工。听说，她在那里还通过了成人自考，拿到了本科文凭。最终她选择再也不回来。

跟着爷爷奶奶磕磕绊绊长大的女儿，成为李哥最大的牵挂。李哥一直单身，他希望女儿能够比他幸福。

长大的女儿出落得跟李哥很像，但他们的关系并不亲密。每次李哥回家看她，她都躲在奶奶身后，就连让城里小姑娘们都无法抵抗的迪士尼公主玩具，也没法让她走出来。有时候李哥会硬一把捞起抱在怀里，但沉默的女儿只是后仰着身体，使劲挣扎，不去搂他的脖子，重要的，也不喊爸爸。

对于一个陌生人，拒绝是孩子的常态。李哥迫切地想让女儿来到北京跟自己一起生活，期待让女儿享受到他的一切打拼成果，同时复制自己在大城市的成功路径。但让他没想到，这个话题从女儿上初中开始，一直到她三年后毕业都没能顺利进行下去。眼看北京升学登记学籍的时间越来越紧迫，他无法跟亲人朋友说出郁闷："我来北京的时候赤手空拳，眼看幸福就在前面，为什么我的孩子却不愿意来呢？"

一开始李哥以为女儿不想来北京，是出于对自己在她成长中缺席的埋怨。

但母亲告诉他，慢慢长大的女儿已经逐渐解开心结，她能体会到父亲在外奔波的不易，也会抱着父亲带回来的玩具睡觉。但女儿从不向往北京，从小，她就知道爸爸在那个地方，不回家。

原本横亘在城市与乡村间的巨大物质、精神沟壑也在被逐渐抹平，到北京去不足以让一个少年心生向往。施行多年的乡村振兴，与无处不在的高速网络，让教育、医疗、交通等领域的城乡差别日渐均衡。李哥的女儿与北京的孩子们早已能共享教育网络，同上一节课。北京终日人满为患的三甲大医院，也在农村开设了医疗点。机器人更是遍布田间地头，年轻人都回来做起了科技农民。

相反，大城市因为资源集中带来的虹吸效应慢慢减弱。到北京去不再是一个令少年心生向往的话题，城市里的摩登大楼早已不令人惊奇。越来越多的城里人选择到山清水秀、生活半径又小的农村去养老散心。李哥女儿现在的老师，就是通过轮岗计划主动从北京来到乡村，还带着自己的孩子，俨然要长居的样子。

李哥叹了口气，又给我秀了一些女儿拉大提琴、画油画、流利说外语的全息投影，看起来跟城里的孩子完全没区别。其中，有一段视频里，他的女儿眼睛红通通地冲着镜头说，“我真的不想去北京。我不想离开家，也不想离开我的朋友。”女孩儿在视频的最后说:“爸爸，我不想和你一样。”

这句话刺痛了她的父亲。

女儿自不必像他那样，早早到大城市闯荡，挑起生活的重担。但他带着血泪的人生经验，并不被他为之奋斗的下一代认可。他的女儿不想像父亲那样去挑战陡峭险峻的高山和暗礁遍布的海洋，只想成为一条宁静的小河，蜿蜒流过家乡的山间竹林，最后汇入烟波浩渺的大海。这是两代人人生观差异的终极碰撞。

李哥和女儿的故事还没有最终答案，我不知道他的女儿最终是否同意来到北京，也不知道来到北京的小光最终是否与父亲和自己和解。张姐和她女儿的故事，我也暂时不知道下文。而我的假期也要结束了。

在选择做义工的时候，我没有想过在科技光速发展的现在，还会听到如此多难解的心结。这并不一定是个坏事情。就像你无法准确判断科技是否让世界变得更好。精密的算法让整个地球都更加井然有序，但在算法社会，我们做出的选择，真的是我们自己做出来的吗？

但无论科技如何进步，人类与机器的最大不同，就是即便挫折和逆境，也都是人类寻找幸福的一面镜子。翻开历史，人类所有的一切行为，友爱、指责、争吵，甚至是对抗，也都是为了一部分人类或者全部人类的幸福。而现在，我听到的这些故事里，他们该学会如何平衡自己和家庭，平衡过去和未来，学会勇敢对幸福伸出手。

我忽然迫切地想和人讨论，到底什么是人类的幸福？每个人感受的幸福到底有没有差别？而我们又能为这种幸福做点什么呢？

神奇的一幕又出现了，我的眼前忽然又出现了那道任意门，拉开它我看到里面的阶梯通向我父母的卧室。我已经等不及想告诉他们我这些天的奇遇，也想跟他们深入探讨一下幸福这个话题。

我敲响了眼前的那道门。